## DU MÊME AUTEUR

*Aux Éditions Gallimard*

ADIEU À L'ITALIE (2012)

LA VOIX DE MA MÈRE (2016)

*Romans aux Éditions Grasset*

LE GOUVERNEUR DE MORÉE (1982), prix du Premier Roman

TERRE DE PROMISSION (1986)

AU PÉRIL DE LA MER (1991), prix des Deux Magots

LA SÉPARATION DES BIENS (1998), prix La Bruyère de l'Académie française

LE TOMBEAU DE LA CHRÉTIENNE (2002)

LE CÔTÉ D'ODESSA (2007)

*Aux Éditions du Rocher,* en collaboration avec Sophie Basch

STENDHAL – PETIT BRÉVIAIRE (1992)

*Aux Éditions Flammarion,* en collaboration avec Alain Fleischer

L'ART DE VIVRE À ROME (1999)

L'ART DE VIVRE EN TOSCANE (2000)

*Aux Éditions Plon*

GOOGLE ET LE NOUVEAU MONDE (2010) – Réédition aux Éditions Perrin dans la collection « Tempus » (2011)

*Dans la collection « Que sais-je ? » (Humensis)*

LES 100 MOTS DE ROME (2019)

# L'ÎLE SILENCIEUSE

BRUNO RACINE

# L'ÎLE SILENCIEUSE

roman

nrf

GALLIMARD

JEAN-LOUIS, *directeur de revue*

LIVIA, *artiste et escort*

ENGUERRAND, *colonel à la retraite, ancien de la Direction du renseignement militaire*

BERNADETTE, *philosophe*

## *Premier jour*

JEAN-LOUIS

Cela fait près de cinquante ans que je n'ai pas séjourné dans une abbaye… Avec quelques camarades et un prêtre âgé très indulgent que nous allions voir chaque semaine en dehors des cours, j'ai passé plusieurs jours en Bourgogne à l'abbaye de La Pierre-qui-Vire, un nom qui ne prend même pas la peine de dissimuler son origine païenne. J'étais alors un garçon très pieux, parfaitement naïf, pour ne pas dire niais, mais assez bon élève et sans histoires. Ce devait être au début du printemps, à peu près comme maintenant. Il faisait un temps gris et maussade, les cellules étaient glaciales, la forêt alentour n'incitait guère aux promenades ni à la méditation, les bâtiments néogothiques manquaient de charme: aussi l'expérience n'a-t-elle jamais eu de suite. C'est tout le contraire, ici. L'île est plate, jamais à l'ombre, les bois forment le parc de l'abbaye et il y a même quelques palmiers – la touche Côte d'Azur en quelque sorte puisque nous ne sommes qu'à une demi-heure de bateau de Cannes. Je savais par l'une de mes sœurs que les moines de Saint-Honorat offraient l'hospitalité à qui la sollicitait. Le filtrage ne paraît pas très sévère : il suffit de remplir un formulaire peu exigeant où l'on doit préciser sa motivation en quelques mots. J'imagine que cette demande sert surtout à départager les postulants, un peu comme la question subsidiaire des concours, car il ne me semble pas qu'il y ait de condition ou d'exclusive a priori. Je me suis contenté d'évoquer la recommandation de ma sœur, déjà accueillie ici à plusieurs reprises, l'argument familial me paraissant de bon aloi et d'ailleurs exact. Je n'ai pas cru nécessaire de mentionner la recherche que j'effectue pour Anne. Elle s'intéresse aux îles de Lérins pour un projet artistique en pleine gestation qui m'a l'air encore un peu nébuleux, mais je ne sais rien refuser à mes amies et fais confiance à ses intuitions... Saint-Honorat est plus petite que sa voisine Sainte-Marguerite, mais il n'existe pas de navette entre les deux îles, car les moines, pour se protéger, ont le monopole des liaisons par mer, et encore uniquement avec Cannes... À part les religieux et leurs hôtes, personne ne peut y passer la nuit. Les touristes qui viennent la visiter en nombre à la belle saison sont obligés de rentrer le soir et l'île doit plonger alors dans un silence absolu – sauf peut-être la sonnerie des cloches si elle marque toutes les heures. Pas d'hôtel de luxe qui pourtant serait d'un excellent rapport, pas de boîte de nuit, juste un restaurant saisonnier qui ne sert pas de repas le soir : le monde est tenu à bonne distance… J'ai pris le bateau du matin, c'est le pilote qui m'a appris que la compagnie appartenait aux moines et qu'elle ne desservait que Saint-Honorat. Je ne suis pas certain que cette pratique soit conforme aux règles de Bruxelles, mais une telle entorse aux sacro-saintes lois de la concurrence, si c'en est une, me paraît salutaire… Une fois débarqué, il faut moins de dix minutes pour atteindre l'abbaye. La terre a une belle couleur ocre-rouge, de nombreuses flaques témoignent des pluies massives qui ont ponctué la fin de l'hiver le mois dernier et il règne sur tout le parcours un parfum délicieux de sous-bois humide, rempli de plantes aromatiques. Les formalités à l'entrée de l'abbaye sont réduites au minimum, la bénévole qui tient l'accueil ne m'a même pas demandé une pièce d'identité, et j'ai pu m'installer aussitôt dans ma chambre, une vraie cellule monacale, avec un lit étroit, une table de chevet et sa lampe, une petite table et une chaise empaillée devant la fenêtre, une armoire et un lavabo. Georges Perec aurait vite épuisé le sujet. La douche et les toilettes sont communes, à l'extrémité d'une galerie à arcades sur laquelle s'ouvrent les chambres, comme dans un cloître. Le tout donne sur un jardin intérieur assez densément planté que l'on traverse pour se rendre à l'église, laquelle est également accessible de l'extérieur. On nous a bien précisé que l'assistance aux offices n'était pas obligatoire, seulement recommandée. Il n'y a aucun contrôle, bien entendu, mais ce serait la moindre des courtoisies d'y faire acte de présence régulière. Je ne suis pas sûr toutefois de me lever en pleine nuit pour assister à laudes... En attendant le déjeuner, j'irai faire un tour à la boutique. Les moines produisent un vin qui a très bonne réputation, selon les dires du sommelier d'un restaurant de la côte, et je suppose qu'ils proposent également toutes sortes de liqueurs, fabriquées comme de bien entendu selon des recettes immémoriales. J'espère aussi trouver du miel et des confitures qui pourraient compléter l'ordinaire que je m'attends à trouver plutôt austère... Cela fera également des souvenirs à rapporter à Marie, qui comprend très bien que j'aie souhaité quitter le domicile conjugal et m'enfermer quelques jours dans un monastère, où me sera épargnée la pression des textes à relire pour le prochain numéro de la revue. Une seule condition toutefois : lui faire un récit détaillé de l'aventure... Comme j'ai l'intention de couper mon portable, je remplirai mon engagement sur ce petit carnet qui ne me quitte jamais.

## LIVIA

Ha ha, qui aurait pensé me voir un jour dans un endroit pareil ? Une petite athée chez les curés… C'est un de mes habitués qui m'a filé le tuyau quand je lui ai dit que je souhaitais m'isoler quelques jours. — Qu'est-ce que tu dirais d'aller chez des hommes qui ont fait vœu de chasteté ? — Ça existe ? Le genre de type qui peste contre l'éducation judéo-chrétienne qui soi-disant le bride, mais ne se prive pas avec moi et gueule pendant l'orgasme. Il a quand même gardé des relations dans le milieu catho et m'a envoyé le link avec le site Internet de l'abbaye. Ici, ce n'est pas vraiment le style dont je rêve quand je pense à la Côte d'Azur, mais les photos m'ont donné envie de tenter l'expérience. J'avais cru trouver le grand amour, et voilà qu'il y a deux mois jour pour jour, il a rompu sans raison ; je me suis sentie foudroyée, comme un oiseau tiré en plein vol. Je garde encore espoir, mais je n'ai pas pu échapper à la dépression. Quand je prenais mes médocs, je n'étais plus qu'une loque ; quand je ne les prenais pas, j'avais des crises, des images délirantes. Mon connard de psy ne savait pas quoi faire, je ne l'ai plus revu. En regardant sur Google, j'ai constaté, mais un peu tard, qu'il avait un tas d'avis négatifs. Si j'avais su… J'ai voulu reprendre contact avec la femme qui me suivait pendant que j'étais hospitalisée il y a deux ans et qui avait paru me comprendre. Quand j'ai appelé le standard de l'hôpital, on m'a répondu que ce n'était pas aux patients de choisir leur médecin ! J'en ai été tellement interloquée que je n'ai pas eu le réflexe d'insister. Je ne peux compter que sur mes propres forces. Résultat non garanti. Enfin, me voilà ici, après une nuit passée dans un hôtel plutôt sympa de Cannes où j'étais venue une fois avec un ex, un artiste encore plus névrotique que moi, mais ça reste un bon souvenir. Comme j'avais du mal à m'endormir, j'ai tenté de compter le nombre de mecs avec qui j'ai couché en cinq ans, avant et après le moment où j'ai compris qu'ils étaient prêts à payer. Peine perdue. Trois cents ne doit pas se situer au-dessous de la réalité. Malgré tout, ça s'est avéré plus efficace que de compter les moutons. Je me suis réveillée sans trop de peine pour prendre le premier bateau. À l'arrivée, j'ai attendu que les autres passagers s'éloignent du débarcadère. La plupart avaient l'air de touristes, le pique-nique débordant du sac à dos. Il y en avait d'autres qui viennent séjourner à l'abbaye. Je ne les reconnaîtrais pas à leur look de grenouilles de bénitier, si ça existe, mais en voyant s'éloigner celui qui avait une tête de légionnaire, j'ai compris dans quelle direction je devais aller.

ENGUERRAND

Parce que j'ai gardé ma coupe militaire, j'ai l'impression d'avoir été tout de suite identifié. J'ai l'habitude. Trois ou quatre personnes qui avaient sans doute la même destination que moi m'ont laissé partir en reconnaissance. Sur une île aussi exiguë, il est de toute façon impossible de s'égarer, on risque au pire d'en faire le tour par le côté le plus long… Le chemin commence par traverser un bois de pins puis des champs de vignes qui ont l'air très correctement entretenus. J'ai même entendu le ronflement lointain d'un tracteur, c'était le seul bruit de machine sur cette île sans voitures ni motos. Rien que ce détail suffit au dépaysement. Puis j'ai aperçu le clocher de l'abbaye. Les bâtiments ne sont pas très anciens, ils datent du retour des moines dans la seconde moitié du XIX^e^ siècle, après soixante-dix ans d'absence. Il y a un peu de toutes les couleurs : de la pierre calcaire gris clair, de la brique, de l'enduit ocre, le tout avec une belle patine qui me rappelle le monastère de Tibhirine que j'ai connu longtemps avant que les moines se fassent assassiner. Après avoir posé ma valise dans ma cellule, je me suis rendu à la boutique pour trouver un guide des lieux. Ils proposent deux gros livres sur l'histoire de l'abbaye qui me semblent très savants, et j'ai acheté le plus illustré. J'apprends ainsi qu'il subsiste des vestiges beaucoup plus anciens à l'intérieur des bâtiments, mais pour les visiter il faudra demander la permission de pénétrer à l'intérieur de la clôture. Il paraît que jusqu'en 1962 les femmes ne pouvaient entrer dans l'abbaye que si elles étaient munies d'un bref du pape. Seule exception, d'application assez rare : les princesses régnantes... C'était donc légèrement moins rigoureux qu'au mont Athos, où, encore de nos jours, toute femelle, fût-ce une chèvre, se voit interdire l'accès. Toujours la crainte de la tentation de saint Antoine, sans parler de saint Benoît lui-même qui se serait jeté dans un buisson de ronces pour fuir les avances d'une beauté diabolique... Apparemment la règle s'est beaucoup relâchée sur ce point puisqu'une première laïque tient l'accueil et une autre la boutique. J'aurais même pu demander à Ségolène de m'accompagner, car les couples sont acceptés – ils sont logés à part. Je vais attendre un jour ou deux pour m'enquérir des possibilités de visite. Je ne suis tout de même pas venu en touriste et compte bien noter tous les détails de cette aventure, en bon officier de renseignement que j'ai été...

## BERNADETTE

Je suis partie sans avoir reçu les résultats de mes derniers examens. Si c'est ce que je crois le plus probable, j'entame une course contre la montre dont je ne connais pas la durée. Sinon, ce sera comme un coup de semonce, un « souviens-toi que tu es poussière » (il paraît que ce *memento mori* est presque complètement tombé en désuétude le mercredi des Cendres), ou encore un de ces coups de gong qu'il m'est arrivé d'entendre dans les monastères birmans. J'ai eu la chance d'obtenir une place à l'hôtellerie au dernier moment car un groupe venait tout juste de se décommander. Je ne sais si c'est une excellente idée de venir m'isoler ici, mais quand j'ai débarqué sur l'île, elle m'est apparue comme un lieu solaire, et pour ce qui est de la nuit, je ne dors plus que d'un sommeil haché. Je ne veux en parler à personne, je me concentre sur le livre que je dois terminer au plus vite, et la vie érémitique, même pour quelques jours seulement, ne peut que m'y aider. Aucune sollicitation extérieure, je laisse mon portable éteint la plus grande partie de la journée. Pas d'ordinateur non plus, je travaille à l'ancienne, avec un stylo vintage, mon cher Parker 51, le modèle dessiné par Moholy-Nagy, et ma bouteille d'encre qui une fois sur deux fuit dans mon bagage… J'ai choisi d'écrire une sorte de dictionnaire, cela simplifie les problèmes d'architecture et me permet d'entrevoir la fin dès le début. Comme manuscrit j'utilise un répertoire d'occasion acheté cinq euros dans une brocante du Marais pas plus tard que la semaine dernière : un vieux cahier à spirale à la couverture cartonnée, d'un bleu délavé, avec un onglet pour chaque lettre. Qui se sert aujourd'hui de pareille antiquité ? Le plus dur sera sans doute de trouver le premier mot, c'est lui qui donnera le ton, et je ne voudrais pas qu'il soit trop sombre. Le dernier ne sera pas facile non plus, mais pour la seule raison que la lettre Z offre un choix limité. L'idée m'est venue de commencer par *Ange* en survolant à l'accueil un numéro de *La Croix* où était posée la question de leur réalité. N'est-ce pas pourtant un article de foi, à ma connaissance, qu'il existe des créatures qui sont de purs esprits, même s'il leur arrive de prendre l'apparence d'un corps impalpable, comme les êtres de lumière qui accueillent les Saintes Femmes au sépulcre ? Le fait est qu'ils apparaissent un peu partout dans la Bible. Est-ce que les artistes qui les ont peints par milliers y croyaient ? Certains sans aucun doute, quand je pense aux Annonciations de Fra Angelico, pour d'autres je ne mettrais pas ma main au feu… *Annonciation* serait aussi une entrée en matière possible, tout comme *Angoisse*, ce corset qui m'écrase la poitrine en ce moment même, ce cognement du cœur qui se répercute dans le cerveau, mais c'est justement ce que je veux éviter. Taire ce que l'on ressent, garder toujours la distance, ne jamais se plaindre de la souffrance, beau résultat d'une adolescence nourrie de principes chrétiens, d'anglophilie, de sagesse antique – Socrate ordonnant de sacrifier une poule avant de boire la ciguë, Pétrone condamné par l'empereur Néron à s'ouvrir les veines, dictant une satire à son encontre au son des flûtes et sous les yeux de ses ravissantes esclaves en pleurs, pendant que le sang s'écoule lentement dans l'eau du bain, *Never explain, never complain,* comme me le répétait ma mère : sacré bagage quand j'y pense, un peu pesant malgré tout… Et ces exemples de courage dont on nous rebattait les oreilles ne seront peut-être qu'une bonne blague le moment venu. Je pense aussi à *Amour,* bien entendu, pourquoi ne pas continuer à rêver, mais pas ce soir – sachant que j'exclus *Amertume,* sans aucun doute définitivement.

JEAN-LOUIS

Nous n'étions que six à déjeuner. La règle du silence interdit de faire connaissance autrement que par signes ou par gestes. J'ai reconnu trois des passagers du matin : une toute jeune femme assez jolie qui avait l'air un peu perdue parmi tous ces vieux, une quinquagénaire très élégante qui me dit vaguement quelque chose et un militaire, ou un ancien militaire, à en juger par son maintien et son cheveu ras. Il y avait aussi un couple d'Italiens, arrivés à Saint-Honorat avant nous. Lui, barbe mi-longue et sandales, elle en jupe longue, appartenant sans doute à l'une de ces communautés de laïcs qui ont fleuri là-bas dans l'orbite de l'Église. Ils n'ont pas recherché le contact. Au moment où je m'apprêtais à gagner le réfectoire, j'ai aperçu le militaire qui rentrait dans sa chambre pour y déposer le monumental ouvrage sur l'histoire de l'abbaye que j'avais pu consulter à Paris. J'ai renoncé à l'emporter pour ne pas alourdir mon fourre-tout de voyage. Je le regrette maintenant, mais je pourrai peut-être le feuilleter à la boutique et j'aurai au moins un premier sujet de conversation avec mon voisin lors d'une promenade.

LIVIA

Jamais pris un repas dans des conditions pareilles. Un moine nous a indiqué les règles à suivre, garder le silence, débarrasser la table et faire la vaisselle nous-mêmes, mais c'est lui qui nous a servi les plats. On a eu droit avant à une lecture à laquelle je n'ai pas compris grand-chose, puis à une prière. Pour moi qui n'ai jamais appris à faire le signe de croix, c'était un peu chaud. Mais bon, en gardant les mains sagement croisées devant moi et en baissant la tête, je pense que personne n'a rien remarqué. La bouffe était copieuse, pas mauvaise du tout, je suis même arrivée au bout de mon pavé de saumon, en laissant juste de côté l'espèce de sauce béchamel dans laquelle il était noyé. Il ne manquerait plus que je prenne trois kilos en quelques jours à ce régime ! Je pense que je vais tout de même garder ce repas. Il va surtout falloir faire gaffe à la crise de boulimie qui peut éclater à l'improviste, mais ici au moins je n'aurai pas la possibilité de commander un burger ou une pizza à trois heures du matin. J'irai malgré tout faire un tour à la boutique pour rapporter au moins un petit quelque chose à ma sœur et à mon frère, il doit bien y avoir des trucs pas religieux. Les moines fabriquent tout un tas de produits qui ont quatre étoiles et demie sur Google, c'est peut-être le prix qui les empêche d'en avoir cinq...

ENGUERRAND

Le déjeuner terminé, c'était un peu la pagaille et j'ai dû réfréner mes réflexes d'officier habitué à commander. Comme nous sommes censés rester silencieux, il était difficile de se partager les tâches de manière tant soit peu ordonnée. Mais à la fin chacun s'est trouvé un rôle et pour essuyer la vaisselle j'ai formé un duo très efficace avec cette femme élégante, genre CSP+, que j'avais repérée à l'arrivée. Une fois dehors dans le jardin, où la règle du silence ne s'applique plus, je me suis présenté et elle a fait de même, se décrivant comme de tendance protestante, avec un sourire malicieux, comme si elle voulait désarçonner le militaire rigide auquel je dois ressembler à première vue. Je n'ai pas trouvé grand-chose à dire sur mon compte, à part que je venais de quitter l'armée avec le grade de colonel. Même pas général quart de place, comme on dit : il m'a manqué peut-être une petite dose de courtisanerie pour gagner mes étoiles, mais tant pis, je me suis fait une raison et c'est au moins un péché dont je n'aurai pas à m'accuser. Encore que cette pensée soit elle-même présomptueuse, car de quels hauts faits puis-je m'enorgueillir – à part peut-être le sauvetage d'un monastère au Kosovo sur le point d'être incendié ? Le plus dur ici sera de m'empêcher de fumer. C'est interdit sur toute l'étendue de l'île en raison des risques d'incendie, bien qu'en cette saison, juste après Pâques, le risque soit inexistant. Je crois que je supporterais plus facilement de me flageller le dos, je suis sûr que certains moines pratiquaient encore ce genre de mortifications il n'y a pas si longtemps… Sans doute un sujet sur lequel ils n'aimeraient pas s'étendre aujourd'hui.

BERNADETTE

C'est tout naturellement que j'ai noué un début de conversation avec le colonel, même si l'échange a été des plus brefs. — Vous auriez pu être le centurion de l'Évangile, lui ai-je dit en riant, qui sait donner des ordres à ses subordonnés, cela nous aurait permis de ranger la table et de faire la vaisselle sans nous marcher sur les pieds au début. Je ne lui ai pas révélé que, tout en enseignant la philosophie, j'avais depuis toujours une grande sympathie pour les militaires. Comme dit Céline, lorsqu'ils ne tuent pas, ce sont de grands enfants... Il reste à savoir si celui-ci est capable de regarder les choses sans œillères, sans la manie d'y trouver à tout prix la confirmation de ses propres idées. Et puis, pour peu qu'il n'ait pas passé sa vie uniquement dans les bureaux d'état-major, il doit en savoir assez long sur ce dont est capable l'être humain, pour le meilleur ou pour le pire. Par une belle coïncidence, on nous a lu avant le déjeuner un extrait passablement obscur de Maître Eckhart dans lequel il est question des anges. Je ne sais si mes voisins sont familiers des mystiques rhénans du XIIIe siècle, peut-être encore plus durs à décrypter que mon cher Hegel, mais je ne pouvais rester insensible à l'image magnifique de ce copeau qui se détache d'un ange et tombe sur la Terre, de sorte que « toutes choses y fleurissent et deviennent fécondes ». Voilà un beau sujet de méditation pour mon dictionnaire, ce qui m'incite à sortir de l'abbaye pour trouver un endroit solitaire et propice à la réflexion au bord de l'eau. Le temps s'est un peu couvert ce matin et la mer est d'un gris argenté qui me rappelle l'Irlande. Je trouverai bien un rocher pour m'asseoir ou m'étendre à l'abri des regards. J'ai failli glisser dans ma valise un petit dessin romantique, un lavis trouvé un jour aux Puces : un minuscule personnage coiffé d'un chapeau perché sur une falaise et qui regarde au loin. Ce n'est pas un Friedrich, certes, mais il est devenu pour moi un compagnon silencieux, que j'imagine plein d'interrogations mais aussi de sagesse. Avec la mince baguette dorée qui l'encadre, il n'est pas encombrant et je l'ai souvent emporté dans mes voyages en solitaire. Dans les chambres d'hôtel au décor impersonnel où m'emmenaient les colloques, je le plaçais contre la lampe de chevet, comme un ange gardien. En fait de falaise, l'île culmine à une altitude de quelques mètres et j'aurai du mal à trouver ici l'équivalent des sites qui me sont chers. Je pense à Point Reyes, au nord de San Francisco, où je ne manque jamais de me rendre après mon séminaire annuel à Stanford. La distance n'est pas énorme mais on croit changer de monde. La Californie ensoleillée des palmiers et des vignobles cède brutalement la place à une zone désolée, balayée par un vent qui ne se relâche jamais et tord les branches des quelques arbres qui réussissent à pousser presque à l'horizontale, une herbe rase à perte de vue, de rares troupeaux qui supportent en philosophes ce climat digne des confins les plus reculés de l'Écosse. Les bourrasques sont si violentes que l'accès au sémaphore censé signaler aux navires l'approche de la baie de San Francisco est le plus souvent fermé. Curieusement, le phare n'est pas situé au sommet de la falaise, mais très en contrebas, sans doute parce que les nuages ne descendent pas si près de l'eau. Avant de reprendre l'avion pour la France, cette halte est devenue une sorte de rituel que je ne partage avec personne – même en mai les touristes sont rares et les randonneurs ne s'aventurent pas si la météo est défavorable. Il n'est pas possible de tenir sur place plus d'une demi-heure, les yeux se remplissent presque instantanément de larmes, je connais peu de paysages plus grandioses et plus hostiles à la fois – sauf peut-être, j'imagine, cette côte septentrionale de l'Islande, abrupte, noire et quasi maléfique que l'on aperçoit pendant le vol depuis l'Europe –, mais une sorte d'ivresse s'empare du cerveau. Mon petit bonhomme ne s'y sentirait peut-être pas à l'aise, mais je suis sûre qu'il aimerait entendre à distance le choc des brisants, voir l'écume jaillir à une hauteur incroyable et tournoyer aussi lentement que si c'était du coton soulevé par le vent, tandis que l'on entend gronder le ressac sur l'immense plage de sable blanc qui s'étire vers le nord sur des kilomètres – bruit de fond aussi puissant et régulier qu'un glas. Aimerait-il mieux cet autre lieu de prédilection qu'est pour moi Big Sur, où Miller voyait les oranges du paradis ? C'est peut-être Théocrite qui a raison, pour qui aucun spectacle n'est comparable à la Méditerranée vue depuis une montagne. L'île est parfaitement plate, il me faudra monter au sommet de la tour fortifiée du monastère pour en avoir un début de confirmation…

## *Après les vêpres*

JEAN-LOUIS

L'office a été beaucoup plus bref que je ne l'imaginais. En cette fin d'après-midi, il ne reste plus que les résidents de l'île, dont notre petit groupe. L'église est peu éclairée, ce qui ne facilite pas la lecture du livret, mais les psaumes sont chantés en français dans un style qui rappelle la liturgie slave. On se laisse facilement bercer par la mélodie, comme si la compréhension des paroles importait peu, c'est plutôt malin. Les moines sont encore assez nombreux pour former un chœur digne de ce nom. L'abbaye ne paraît donc pas menacée de fermeture par manque d'effectif comme ce fut le cas juste avant la Révolution. La capuche dont ils se couvrent le chef ne m'a pas permis de me faire une idée de la moyenne d'âge, mais je suppose qu'elle doit être quand même assez élevée. Je pense souvent à cette phrase de l'Évangile,

« Le Fils de l'Homme, lorsqu'il reviendra, trouvera-t-il encore de la foi sur terre ? », comme si toute la majesté des cathédrales, la splendeur des cérémonies n'étaient là que pour refouler l'angoisse d'un effacement complet… Je ne vois pas d'équivalent dans les autres religions. Est-ce une force ? Je pense que oui.

LIVIA

Ne cherchant pas à me faire remarquer, je suis sortie de ma piaule dès que les cloches ont commencé à sonner. Un comble, j'étais la première à prendre le chemin de l'église, ce qui m'a permis de m'asseoir tout au fond, un peu à l'écart. Les suivants sont arrivés en ordre dispersé et se sont répartis sur les bancs assez loin les uns des autres. À part le couple qui était au déjeuner, chacun reste isolé. Je préfère. Aucun de ces messieurs ne semble faire attention à moi, cela me change de ne pas me sentir reluquée à tout instant. Mais ce n'est peut-être que partie remise, on ne sait jamais, j'ai appris à ne pas trop rêver. Les chants étaient pas mal, un peu lents et répétitifs mais ça doit être leur truc. On n'y voyait pas assez pour lire le livret, et je ne comprenais pas grand-chose, sauf qu'il était question de la gloire et de la splendeur du Seigneur, comme ils disent, qui relève ceux qui tombent... Des paroles qui sonnent un peu creux pour moi. Surtout que j'étais harcelée au même moment de textos par un pauvre type, le genre de connard qui insiste lourdement même si tu l'as envoyé se faire foutre. J'ai été assez stupide pour lui répondre au lieu de le bloquer tout de suite. C'est chose faite maintenant, et je vais essayer de garder mon portable éteint le plus longtemps possible. Ce ne sera pas facile, mais cela fait partie de l'expérience, comme de me remettre à écrire. J'ai envie de savoir combien de temps je suis capable de tenir, même si cela doit me faire manquer quelques rencontres intéressantes. De toute façon, ils n'ont pas le wifi dans les chambres, ce qui va limiter les possibilités de connexion parce que je ne veux pas griller tout mon forfait...

ENGUERRAND

Bon, je savais avant de venir que les offices étaient en français et que les mélodies étaient modernes, mais je reste inconsolable du grégorien. Est-ce que l'on attend autre chose d'un officier vieille France ? J'ai trop le sens de la discipline pour me joindre, comme certains de mes camarades ou de mes cousins, à la dissidence, genre Saint-Nicolas-du-Chardonnet – il est très dangereux de se considérer comme les derniers des purs, dommage qu'ils ne l'aient pas compris lorsque Benoît XVI leur tendait la main… Il est vrai qu'avec leur évêque négationniste, ils avaient fait fort, même s'ils l'ont ensuite fichu à la porte. J'essaye donc de voir les choses du bon côté. Les moines de Saint-Honorat s'inspirent, je crois, d'un monastère belge qui a adapté le répertoire russe ou byzantin. Le résultat est heureusement sans rapport avec les horreurs dont on nous a abreuvés dans les années soixante-dix, avec leurs guitares et leurs cantiques grotesques qui auraient pu me faire fuir – le film *La vie est un long fleuve tranquille* exagère à peine le ridicule et la niaiserie de l'époque… Quand j'étais en mission au Kosovo, j'ai rencontré un officier piémontais, un sympathique capitaine d'*alpini*, qui à la suite d'une conversation sur le sujet m'a justement offert le livre de je ne sais plus quel prêtre italien, *Come andare a messa e non perdere la fede*: un bouquin légèrement réactionnaire sur les bords, cela va sans dire, mais qui posait franchement le problème. Même si je me suis laissé ce soir porter par les chants, je continue de m'interroger sur ce bricolage culturel. D'après la notice, cela fait plus de cinquante ans que Saint-Honorat a renoncé au latin et au grégorien, et il ne reste sans doute plus aucun survivant de l'époque antérieure. D'ailleurs s'il y en avait, ils seraient certainement les plus hostiles à un retour en arrière, cela sonnerait comme un désaveu de presque toute leur vie. Je reste étonné malgré tout de cet abandon massif et radical d'un patrimoine aussi vénérable, sans aucune pression extérieure pour l'imposer, comme s'ils avaient eu honte de ce qu'ils étaient auparavant. Peut-être avons-nous traversé sans nous en rendre compte une poussée d'iconoclasme. Pour être juste, les copies d'icônes ne me font pas regretter les plâtres sulpiciens qu'elles ont remplacés. Mais je souffre chaque fois que j'aperçois dans une brocante d'anciens ornements liturgiques. Si j'en ai l'occasion, j'aimerais en discuter avec l'un des moines, car je les crois plutôt ouverts et capables de répondre à de telles questions sans se sentir offensés.

BERNADETTE

Je ne suis pas sûre d'être capable de m'endormir après le dîner. Si je faisais comme les moines, je devrais m'accorder quelques heures de repos jusqu'à vigiles. L'office commence à quatre heures et quart, il fera encore nuit noire et la bénévole de l'accueil nous a dûment prévenus qu'il était tout à fait normal que seules les personnes les plus motivées ou les plus robustes désirent s'y joindre. Elle a mentionné aussi en plaisantant le cas des insomniaques impénitents, selon ses propres termes, mais je ne me classe pas dans cette catégorie. Un ami indien m'a enseigné des exercices de respiration et de concentration qui, s'ils sont scrupuleusement suivis, engendrent immanquablement le sommeil. Il y a d'ailleurs un peu de superstition dans ce rituel, où il est capital de ne pas se tromper dans le nombre des respirations ni dans les points du corps sur lesquels l'attention doit se fixer, du sommet du crâne à l'estomac en passant par le sternum… J'ai emporté avec moi le livre d'hymnes que je m'étais procuré à Cambridge, cet anglais du XVIIe est tellement plus poétique que nos plates traductions des psaumes… De quoi me tenir en éveil jusqu'au cœur de la nuit. Je n'ai jamais oublié la leçon de mon professeur de philosophie l'année de mes seize ans : seuls ceux ou celles qui sont capables de veiller une nuit entière peuvent réussir à se connaître – leçon qui m'a paru sur le moment assez plate, d'autant qu'il recommandait de n'accomplir l'exploit qu'une seule fois… C'était un disciple de Mounier, un personnaliste chrétien, et son idée me semblait liée à un mode de vie pas très sain, au célibat qu'il s'était manifestement imposé, bref à un choix d'existence maladive – j'étais alors une fervente lectrice de Nietzsche. Deux ans plus tard, toutefois, je lui ai rendu justice. Nous étions au mois d'août, je devais me présenter à un examen de licence à la rentrée et j'étais seule à Paris. Il faisait trop chaud pour dormir et je décidai de tenter l'expérience. Toutes les deux heures je me préparais un infect café soluble, j'alternais lecture et va-et-vient dans l'appartement familial, il me semble entendre encore les craquements du parquet. J'hésitais à sortir – mon père m'avait si souvent serinée avec les risques encourus par les jeunes filles, comme il disait, qui s'aventuraient seules dans les rues… Et puis j'en ai eu assez de cette pusillanimité. J'ai enfilé de bonnes chaussures de sport – après tout, on ne savait jamais et j'étais assez bonne en sprint –, vérifié que les clefs étaient au fond de mon sac et fermé discrètement la porte derrière moi, réflexe inutile puisque l'immeuble était vide et que personne n'était là pour épier mes allées et venues nocturnes… Il était trois heures du matin passées, les rues étaient désertes, même l'avenue Marceau où stationnaient d'ordinaire quelques prostituées qui attiraient un manège de voitures toute la nuit. Les Champs-Élysées étaient à peine plus animés, les fêtards habituels partis pour la Côte d'Azur et les touristes depuis longtemps rentrés à l'hôtel. Ne circulaient plus que de rares taxis, j'entendais de très loin le frottement des pneus sur le pavé. Je pris le parti de zigzaguer dans les rues adjacentes, celles où le risque d'agression était statistiquement le plus élevé et où les chances de trouver du secours dans ce quartier de bureaux étaient à peu près nulles… Au bout d'une heure et demie de marche, j'avançais comme une automate, sans avoir croisé plus de dix êtres humains – je ne me souviens que d'un groupe de trois étrangers ivres morts qui titubaient en se tenant par la taille et chantaient ou plutôt beuglaient à tue-tête. Je les évitai par précaution. Vers cinq heures, le ciel commença à pâlir et je sentis la ville frémir imperceptiblement. Les premiers employés n'allaient pas tarder à apparaître – à l'époque ce n'étaient pas encore les Sri Lankais ou les Maliennes des sociétés de nettoyage – et je décidai de rentrer. Il ne restait plus qu'une heure avant le lever du soleil et j'étais convaincue d'avoir franchi le cap le plus difficile. Du café, un peu de musique qui ne dérangerait personne, peut-être un bon livre allaient m'aider à tenir jusqu'au bout. Arrivée au pied de l'immeuble, consternation : les clefs n'étaient pas les bonnes, c'étaient celles des voisins qui m'avaient chargée d'arroser leurs plantes vertes en leur absence. Peut-être parce que la marche m'avait engourdie, au lieu d'avoir une réaction de rage j'y vis un signe du ciel. Ma pérégrination n'était donc pas achevée, j'avais été sur le point de sauter une étape décisive. C'était l'heure la plus fraîche et je frissonnais : ce n'était pas le moment de m'asseoir sur un banc au risque de m'assoupir sans m'en rendre compte. Je pris cette fois le chemin de la Seine, redescendis l'avenue Marceau pour m'arrêter au milieu du pont de l'Alma, le regard tourné vers le Grand

Palais, jusqu'à ce que le soleil fasse son apparition au-dessus du fleuve. La vie reprenait ses droits peu à peu, un premier autobus, quelques taxis, il n'y avait pas encore de joggeurs... J'ai attendu que sonnent huit heures à Saint-Pierre de Chaillot pour frapper à la porte du gardien de l'immeuble – un remplaçant qui, méfiant, n'a consenti à me prêter son double des clefs qu'au vu de ma carte d'identité... Je n'avais pas réellement faim, mais je crois avoir rarement dévoré un croissant avec autant de volupté que ce matin-là, à la terrasse de l'un des rares cafés ouverts dans le voisinage. J'avais donc réussi le test, mais il ne s'agissait en fin de compte que d'endurance et de volonté. Rien à voir avec ce qui m'attend cette nuit et que je redoute. Le cloître, avec ses fleurs qui embaument, sera-t-il mon jardin des oliviers, y verrai-je apparaître le calice d'amertume – ou bien, malgré l'injonction de demeurer éveillée le plus longtemps possible, malgré l'effort de m'astreindre à l'écriture, mon corps finira-t-il par céder, car je n'ai plus dix-huit ans ?

JEAN-LOUIS

Les Turcs, les Espagnols et les Barbaresques ne la menacent plus, mais l'abbaye a été tant de fois attaquée que même reconstruite à une époque pacifique, sous Napoléon III, les moines ont élevé une muraille crénelée pour la protéger. À y regarder de plus près, toutefois, l'enceinte n'en fait pas le tour complet et m'apparaît plutôt comme un élément décoratif… Aujourd'hui c'est contre l'invasion du tourisme de masse qu'ils cherchent à se défendre, non sans mal mais avec plus de succès que leurs lointains prédécesseurs. Par une ironie de l'histoire, l'île voisine de Sainte-Marguerite a servi de lieu de réclusion, on pourrait presque parler de camp de concentration, à des centaines de prisonniers algériens, peut-être de lointains descendants des pirates de jadis, déportés à l'issue des grandes révoltes qui ont suivi la conquête française et parqués sur ce rocher. On les voit sur d'anciennes photographies, avec leurs burnous et leurs chapelets. Les brochures touristiques passent rapidement sur cet épisode, elles se concentrent sur un hôte plus glamour, le fameux Masque de fer qui y serait resté enfermé une dizaine d'années… J'ai pu avant le dîner me promener le long du rivage, jusqu'à la tour fortifiée dont les moines s'étaient fait un refuge au Moyen Âge. Il était trop tard pour y pénétrer, mais j'ai pu admirer le bel appareil de pierre de cette espèce de donjon carré, posé à même le roc. Heureusement que les moines sortaient dans la journée pour le travail des champs, car la vie devait paraître bien confinée dans ce réduit. Malgré toutes ces précautions, l'île n'aura cessé d'être envahie et pillée, pour finir entre les mains d'un marchand de biens après la Révolution... La République se sera montrée plus clémente en fin de compte, car, oubli volontaire ou non, le petit père Combes n'en aura pas fait défoncer les portes pour expulser les religieux... Je vais essayer d'entrer en contact avec l'un des moines demain pour en savoir davantage sur l'histoire des lieux et, qui sait, avoir la permission de consulter leur bibliothèque, même si elle ne contient pas de grands trésors. Il pourrait toutefois s'y trouver des informations intéressantes pour le projet d'Anne. Je suis curieux en particulier de voir ce qui s'y imprimait, car je crois avoir lu que jusqu'à la Seconde Guerre mondiale, ils géraient un orphelinat où les enfants apprenaient les métiers de l'imprimerie.

LIVIA

J'écris ces lignes au cœur d'une terrible insomnie. Je viens d'entendre les pas de ceux qui vont à l'église, on aurait dit des petits vieux qui traînent la savate, sans doute parce qu'ils ne sont pas trop bien réveillés. Je sens la crise qui monte et je n'ai personne à qui parler, aucune présence bienveillante à mes côtés, pas même mon fidèle chat birman, l'être qui connaît le mieux mon inconscient et vient se blottir contre moi avant même l'apparition des premiers symptômes. Le pire serait de rejoindre les autres dans cet état, de perdre le contrôle devant tout le monde. Je sais que si je prends mes pilules, je serai complètement abrutie. Et si je ne les prends pas, ce sera le retour d'hallucinations que je connais trop bien, qui me disent de m'enfoncer des trucs partout dans le corps. Mon oreiller est baigné de larmes, j'ai envie de crever, tout en sachant que ce serait trop con. Je crois que je vais quand même prendre un demi-comprimé et mettre mon réveil pour être à l'heure au petit déjeuner. Si ça empire, je n'aurai plus qu'à foutre le camp…

ENGUERRAND

Me lever à quatre heures du matin n'a jamais été un problème. Même avant que je ne m'engage dans l'armée. Encore une chance car sans cela j'aurais eu du mal à faire mon job lorsque j'étais à la DRM, le renseignement n'a pas d'horaires, surtout en période de crise, et Dieu sait si j'en ai connu, les pires étant la Bosnie et le Rwanda. Je venais d'être promu capitaine à l'époque, mais je savais bien que la manière dont je présenterais les informations à mes supérieurs avait le pouvoir d'orienter les décisions dans des directions parfois opposées. Et je ne parle pas des adaptations ou des retouches qu'eux-mêmes leur apporteraient avant de les transmettre aux grands chefs... C'est ça qui me travaille encore aujourd'hui, alors que, bien entendu, je n'ai jamais fait que « mon devoir », comme on dit. Je n'en ai jamais parlé à personne, ni à mes camarades qui auraient pu me juger comme un élément fragile, ni à Ségolène qui, en bonne épouse, a sûrement dû percevoir mon malaise en plusieurs occasions. Mais elle savait que ce ne serait pas « professionnel » d'essayer de me faire parler. Quant à m'en ouvrir à mon confesseur, encore aurait-il fallu que j'éprouve un sentiment de péché, or c'est un peu plus compliqué que cela. Je me souviens parfaitement du jour où, en réunion de crise, on s'est posé la question de la conduite à tenir au cas où des dignitaires hutus mouillés jusqu'au cou dans le génocide iraient chercher refuge au Zaïre en traversant la zone que nos forces étaient censées tenir. Je dis bien « censées » car nous n'avions que trois mille hommes pour une région grande comme la Belgique. Mais enfin ces criminels n'avaient guère le choix que de passer par là, même s'ils étaient conscients que l'ancienne camaraderie n'était plus d'actualité. Pas si ancienne que ça d'ailleurs, et c'était justement tout le problème, puisque nous leur avions sauvé la mise deux ans plus tôt, alors qu'ils étaient au bord de la défaite et avaient encore leur brevet d'honorabilité. Fallait-il les intercepter et les arrêter s'ils se présentaient à nous? Les points de vue étaient partagés, les diplomates se sentaient mal à l'aise, d'autant qu'ils sont toujours persuadés que les militaires ne cherchent qu'à les rouler dans la farine. Finalement on a décidé d'interroger l'ONU sur la conduite à tenir. «Ce n'est pas dans votre mandat», avait répondu Boutros-Ghali, ou peut-être Kofi Annan, je ne sais plus. Juridiquement, c'était la vérité, nous pouvions donc fermer les yeux et garder la conscience pure…

BERNADETTE

L'église n'était pas éclairée pendant l'office de la nuit, les moines ont juste un lumignon pour lire les psaumes. Les textes sont à propos. «Et moi je me couche et je dors, je m'éveille: le Seigneur est mon soutien.» Je ne m'étais pas endormie profondément mais j'avais fini par m'assoupir lorsque l'alarme de mon portable a sonné – j'avais sélectionné pour l'occasion le son des cloches. Je me suis levée sans aucune difficulté, comme lorsque je dois prendre un avion très tôt le matin et que je saute du lit d'un bond. Ici pas de course à l'aéroport en taxi, pas de café avalé à la va-vite, je me suis rendue à l'église sans hâte en suçant un bonbon à la menthe.

L'office allait commencer, l'atmosphère m'enveloppait comme une couverture jetée sur les épaules pour garder un peu de la chaleur du sommeil, j'étais la seule femme de l'assemblée, cela m'a rappelé mon année à Cambridge, où j'avais l'impression d'être invisible aux yeux des autres. Cette plongée dans l'obscurité n'avait rien de sinistre. Plutôt un passage, une traversée, ou encore une attente que la certitude de l'aube prochaine rend plus légère. Mais une attente de quoi, dans mon cas ? Les textes chantaient la confiance en Yahvé dans l'épreuve et la solitude, ils finissaient sur une note joyeuse face à ce « Dieu de tendresse et de pitié, lent à la colère » – comme j'aurais aimé qu'on nous l'enseigne ainsi, plutôt qu'avec le visage d'un juge sévère, une espèce de Père Fouettard qui nous épiait en permanence (sans parler de Hugo que j'avais appris par cœur, avec son œil qui fouillait la tombe du malheureux Caïn...) ! J'ai aimé la sérénité des mélodies même lorsque le texte évoquait le sort réservé aux impies et aux méchants, que « le Seigneur frappe à la mâchoire et dont il brise les dents ». Cette image cocasse d'un Dieu boxeur n'atténuait point l'effet presque envoûtant de la psalmodie, qui n'avait rien d'une berceuse pour petit enfant difficile à endormir. Elle a réussi à refouler mes idées noires pendant toute la durée de la cérémonie. Elle est dépourvue d'ornements, elle traite sur le même ton la dépression et l'euphorie, parce que l'espoir ne cesse jamais de briller, même au plus profond de l'abattement. La conscience du mal qui nous submerge se retourne subitement en un chant de victoire, sans éclat pompeux et sans orgueil toutefois, car l'homme doit demeurer conscient qu'il n'est pas pour grand-chose dans ce triomphe…

## *Deuxième jour matin*

JEAN-LOUIS

D'après ce que m'a dit Anne, la mairie de Cannes souhaiterait voir l'archipel de Lérins classé au patrimoine mondial de l'UNESCO. C'est sûrement une arme à double tranchant : davantage de protection d'un côté, davantage de visiteurs de l'autre. Je ne sais si les moines le verraient d'un bon œil, même si, grâce au monopole de la desserte de l'île, ils sont en mesure de réguler l'affluence des visiteurs. J'ai évoqué le sujet après le petit déjeuner avec l'un de nos compagnons. Comme je le soupçonnais, c'est bien un ancien officier qui vient de prendre sa retraite et qui est resté vague sur ses occupations antérieures. Il ignorait tout de cette idée de classement, mais sa réaction a été spontanément négative et je me suis surpris à argumenter en sa faveur. Après tout, ne suis-je pas venu ici pour enrichir le projet d'Anne qui répond à l'injonction d'« élargir la dimension culturelle de cette candidature dans une approche résolument interdisciplinaire », selon le jargon même du dossier ? Le patrimoine architectural n'a en effet rien d'époustouflant, même si je n'ai pas encore visité les parties les plus anciennes. Il est possible surtout que l'on éprouve le besoin d'ajouter un volet laïc à la nature essentiellement religieuse de Saint-Honorat, ou de mettre une pincée de création postcoloniale à sa voisine Sainte-Marguerite, comme une forme de réparation qui serait certainement appréciée dans une organisation internationale… On a peine à imaginer que cette abbaye fut au Ve siècle l'un des foyers les plus brillants de la chrétienté occidentale. Les Irlandais se souviennent-ils que les moines venus évangéliser leurs aïeux étaient partis de cette île minuscule ? Il est vrai que les incursions sarrasines ont rapidement mis fin à cet âge d'or que l'abbaye, avec des hauts et des bas, n'a jamais réussi à faire revivre. Comme les bâtiments actuels fleurent bon un XIXe siècle sans génie, pas de trace d'un Viollet-le-Duc ou de ses émules, une note contemporaine ne serait en effet pas malvenue. Je l'ai dit au colonel qui ne m'a paru qu'à moitié convaincu. Il est venu dans un esprit différent, m'a-t-il dit sans que cela ressemble à un reproche, et il m'a même souhaité bonne chance…

LIVIA

La crise est passée, j'en ai connu de plus atroces, et celle-ci n'a pas duré plus de trois heures. Je devais avoir une sale tête ce matin au petit déjeuner, vu la manière dont les autres me regardaient, mais je n'étais pas la seule. Ils vont peut-être penser que j'étais à l'église cette nuit, dans l'obscurité il est facile de passer inaperçue, mais je ne vais pas jouer à ce jeu-là. La femme très chic s'est approchée de moi une fois que nous avons fini la vaisselle. Nous avions échangé quelques regards pendant que je faisais la plonge et lui passais les tasses et les couverts à essuyer. Je ne suis pas trop en état de socialiser et dans ces périodes de grande fragilité je peux réagir avec brusquerie à tout ce qui ressemble à une invasion de mon espace personnel. Mais cette femme, tirée à quatre épingles avec son châle de cachemire, qui a dû être très belle, m'a désarmée. Elle a carrément l'âge d'être ma mère, mais elle m'a tout de suite proposé de l'appeler par son prénom, Bernadette. — Mes parents ont d'abord pensé à m'appeler Lourdes, comme en Espagne, m'a-t-elle dit en riant, mais ils ont finalement choisi le nom de la petite bergère… — Vous l'avez échappé belle ! Moi, ils m'ont donné celui de ma grand-mère italienne… Notre relation a commencé comme ça. Je ne lui ai évidemment pas parlé de mon pseudo. Elle m'a complimentée sur le cardigan que je portais, en laine de toutes les couleurs mais avec les tons pastel que j'aime bien. Je ne sais pas répondre aux compliments, je prends une expression stupide dans ces cas-là et ça l'a fait sourire. — Je suis venue ici parce que je vais peut-être avoir des décisions difficiles à prendre bientôt, m'a-t-elle dit. J'ai embrayé en avouant que je n'étais pas bien sûre de savoir pourquoi j'étais là, vu que je ne crois pas tellement en Dieu. Ma franchise lui a plu et elle m'a regardée de manière plus intense. Cela m'a mise mal à l'aise et elle s'en est aperçue tout de suite. Elle s'est levée du banc où nous étions assises, en s'excusant comme si elle avait oublié quelque chose d'important. Elle n'avait soi-disant pas eu le temps de faire son lit et de ranger sa chambre. Vu qu'en dehors d'un pieu et d'une table il n'y a rien, j'ai trouvé cette explication surprenante, mais j'ai fait semblant d'y croire. Quand je pense au bordel de mon studio, j'aurais bien besoin d'un coup de main pour mettre un peu d'ordre entre les fringues, les pilules, l'iPad, les bouquins, les croquettes du chat, les plantes qui crèvent de soif… Et plus je me rends compte qu'il y a du boulot, plus je procrastine. — On se reparle plus tard, a-t-elle ajouté en se retournant, et je ne sais pas pourquoi, j'ai été sensible à ce mélange d'autorité et de douceur.

ENGUERRAND

Comme j'avais débarrassé les tables du petit déjeuner avec mon voisin, nous sommes restés à bavarder tous les deux dans le jardin. Les hommes ensemble, les femmes de leur côté, on se croirait en Iran. Nous devons avoir à peu près le même âge, mais je ne sens pas chez lui de véritable fibre ou d'inquiétude religieuse. Il dirige une revue mais est venu pour « se pénétrer de l'esprit des lieux », me dit-il, car il a promis de contribuer à un projet artistique en rapport avec l'UNESCO. Tout cela m'a paru complètement fumeux, mais je ne m'y connais pas du tout en art contemporain et pas tellement plus en littérature. Nous avons surtout discuté des avantages et des inconvénients d'un classement au patrimoine mondial. Il me semble qu'à quelques encablures de la Côte d'Azur, l'île est suffisamment menacée par le tourisme comme ça. Le calme absolu qui règne ici dès la tombée du soir ne constitue-t-il pas le bien le plus précieux ? Mon intello ne le conteste pas, mais pense qu'une telle mesure induirait des règles de protection encore plus sévères. Inch'Allah ! Je veux bien le croire et lui ai souhaité de trouver l'inspiration pour son projet... Je me suis ensuite promené en dehors de l'abbaye. Il ne m'a pas fallu plus d'une demi-heure pour gagner la pointe de l'île et en revenir. Les chapelles qui jalonnent le pourtour doivent être d'origine très ancienne mais semblent avoir été rebâties à plusieurs reprises. L'une d'elles donne encore lieu à des fouilles archéologiques selon le panneau censé en interdire l'accès, mais le filet de plastique qui sert de clôture est facile à franchir. On aperçoit en effet le soubassement d'un édifice plus ancien dont le plan ne coïncide pas avec l'actuel. D'après mon bouquin, il remonterait à l'époque carolingienne, ce n'est pas si fréquent. J'étais absolument seul et me suis étendu sous un pin. J'ai entendu mon premier grillon de l'année, mais il est encore trop tôt pour que les cigales se fassent entendre, si tant est qu'il y en ait sur l'île. Je m'imaginais à la place des ermites des premiers siècles qui avaient choisi de s'établir ici. D'après le livre que j'ai acheté, ils venaient des quatre coins de la Méditerranée, échangeaient sans doute en grec ou en latin, discutant à l'infini de la double nature du Christ ou des signes des temps, avant de s'en retourner chacun dans sa cellule et d'écrire sur des tablettes de cire ou du papyrus…

BERNADETTE

Dans notre petite assemblée de ce matin, le couple d'Italiens est à part. Ils ne parlent pas très bien le français même s'ils le comprennent, et notre sabir à consonance plutôt espagnole ne vaut guère mieux. Arrivés depuis plusieurs jours, ils forment un couple replié sur lui-même, très aimable au demeurant et de toute évidence profondément religieux. J'ai cru comprendre qu'ils allaient nous quitter dans l'après-midi et rentrer à Gênes. Dans notre quatuor j'avais repéré la benjamine, vingt-cinq ans maximum, une très jolie fille aux cheveux blond-roux qui descendent jusqu'à la taille. Elle n'avait pas l'air dans son assiette pendant que nous faisions la corvée de vaisselle, je la voyais cligner des yeux sans cesse, pourtant je ne me souvenais pas de l'avoir aperçue à l'office de la nuit. Elle m'a d'ailleurs confié spontanément qu'elle n'était pas croyante. Cela m'a donné encore plus envie de faire connaissance avec elle. Mais elle a dû avoir à un moment l'impression que je la regardais comme une bête curieuse et je l'ai sentie se refermer. Je n'ai pas voulu insister au risque de m'enferrer et j'ai préféré m'en aller en invoquant un prétexte idiot, un peu trop brusquement peut-être. J'ai souvent compté parmi mes élèves des filles qui lui ressemblent, peut-être un peu plus jeunes encore, supérieurement douées, mais doutant toujours d'elles-mêmes. Je touche à peine aux repas et j'ai vu que cela n'échappait pas à la petite – elle ne semble pas se restreindre sur la nourriture, mais cela ne veut pas dire qu'elle ne soit pas passée par une phase d'anorexie. Je me suis promis de reprendre notre échange, c'est l'avantage de nous trouver dans un lieu clos. Je ne sais pas ce qui m'a pris de lui dire que j'étais à la veille de décisions difficiles. Ce n'est pas un mensonge mais ce n'est pas non plus très sincère. Au fond de moi, je pressens la mauvaise nouvelle mais feins de croire qu'elle est encore évitable. Peut-être est-ce une tactique pour mieux sauter de joie si la rémission était avérée. Pourtant le visage de mon médecin ne mentait pas, il exprimait à son insu un autre message que ses paroles encourageantes qui visaient à m'empêcher de paniquer. Toute ma vie, j'ai donné des cours sur le problème du mal. Le concept, c'est du sérieux, c'est du solide; la réalité, c'est autre chose. Mais je ne veux à aucun prix de la commisération du bon professeur Heidegger, ce grand patriote, adjurant un ami qui lui annonçait la défaite de l'Allemagne: « Ne le dites surtout pas à ma femme. »

JEAN-LOUIS

Il ne sera pas dit que j'aurais refusé de tenter l'expérience de l'office nocturne par souci de mon petit confort. Je tiens à pouvoir dire à Marie que je réussirai à m'habituer à ce mode de vie si bien réglé. Je n'en ai pas eu le courage le premier jour, mais il n'est pas impossible que je sois capable de prendre assez vite le rythme. De là à m'y plier jusqu'à la fin de mes jours, c'est évidemment une tout autre affaire... Cela me fait penser aux stages en usine que l'on intégrait au cursus des grandes écoles pour que les brillants sujets issus des beaux quartiers aient fait l'expérience de la condition ouvrière – comme si un mois passé à bosser aux trois-huit pouvait donner l'idée de ce que représente l'assignation à ce genre de tâche pour la vie entière. Je crois que certains moines ont une vocation tardive, mais d'autres ont pris l'habit très jeunes et sont peut-être ici depuis quarante ans puisqu'en principe ils ne changent pas de maison. Il faut vraiment que l'appel intérieur ait été impérieux, mais si j'en crois Thérèse d'Avila, cela ne va pas sans l'expérience du retrait de Dieu, d'un silence et d'un abandon d'autant plus incompréhensibles, d'autant plus injustes, que l'on pense avoir tout sacrifié... Il serait utile pour mon projet de pouvoir interroger les religieux de l'abbaye. Comment ressentent-ils ce lieu qu'ils sont censés ne plus quitter jusqu'à la fin de leurs jours ? Est-ce que vivre sur une île accroît l'impression de confinement, presque d'emprisonnement ? Ou au contraire la contemplation de la mer qui, du côté de l'abbaye, s'étend à perte de vue, procure-t-elle un sentiment de liberté absolue et d'infini ? Je ne peux m'empêcher de penser à

Baudelaire et à son « Homme libre, toujours tu chériras la mer ! », ce vers emphatique et faux, du moins en ce qui me concerne car j'ai tout bêtement peur de l'eau – j'aurais fait un marin déplorable. L'île est d'ailleurs une formation géologique précaire, elle culmine à moins de dix mètres et serait balayée par un raz-de-marée, un tsunami comme on doit dire aujourd'hui, si un séisme particulièrement violent se déclenchait sous la Méditerranée. Il semble d'ailleurs que ce fut le cas dans l'Antiquité. Un îlot qui affleure à une centaine de mètres témoigne d'une époque où elle était plus étendue, mais un phénomène d'érosion qui s'étale sur des millénaires ne doit guère peser sur la psychologie du quotidien – ce n'est pas comme de vivre au pied du Vésuve qui rappelle sans cesse aux habitants de Naples la précarité de leur existence. Ou encore ceux de Catane, au bord de l'Etna, qui, pour se protéger des éruptions, sortent une fois par an les reliques de leur patronne sainte Agathe et lui font parcourir la ville. Il faut des centaines d'hommes pour tirer l'énorme châsse d'argent, qui doit bien peser une tonne… La procession dure une nuit entière, elle est précédée par des types patibulaires, certainement des mafieux, ployant sous le poids de cierges gigantesques et qui, sans doute pour se faire pardonner leurs méfaits, implorent la sainte en hurlant… Mais c'est dans un silence impressionnant que le cortège, aux premières heures de l'aube, fait halte devant un couvent de religieuses cloîtrées qui ne se montrent qu'une fois l'an pour chanter un cantique en l'honneur de la vierge martyre (on lui a arraché les seins après l'avoir assignée à un bordel, selon la légende, sans jamais réussir à lui faire abjurer sa foi). Point de volcan ici, juste ce petit bout de rocher perdu au milieu des flots...

LIVIA

J'ai décidé de prendre l'air avant le dîner. Pour ne pas trop me faire remarquer, j'assisterai à la cérémonie qui précède, les vêpres je crois. Il m'a fallu une vingtaine de minutes pour rejoindre le débarcadère en longeant la côte au lieu de prendre le chemin le plus court. J'ai croisé le type qui a la boule à zéro et l'ai poliment salué, mais je ne me suis pas arrêtée. Il avait bien répondu à mon salut mais donnait l'impression de vouloir rester tranquille. Une autre fois peut-être, encore que ce soit sûrement un homme à principes. Il y avait un peu de monde à l'embarcadère, une quinzaine de personnes, qui attendait le dernier bateau du retour. Je me suis postée à l'écart du groupe, assise sur le tronc d'un vieux pin, blanchi et complètement poli par le temps, et me suis mise à les filmer discrètement avec mon téléphone. Au final ça me donne un plan fixe de dix minutes, un son plutôt correct car il n'y avait pas de vent. J'avais repéré un assez beau gosse dans le lot avec une fille qui avait vingt centimètres de moins que lui, plus ou moins mon âge, très jolie, au type indien, peau sombre, nez fin, chevelure magnifique bien plantée sur le front, épaisse et noire. J'avais au lycée une camarade réunionnaise dans son genre. Elle était inconsolable de son île, qu'elle avait quittée à l'âge de six ans. Peut-être parce qu'ils n'étaient pas seuls, ils gardaient une certaine distance entre eux. Une fois seulement, alors qu'ils étaient adossés à une rambarde, elle s'est rapprochée et a posé la tête contre son épaule, mais cela n'a duré que quelques secondes. Je les trouvais magnifiques tous les deux, et pour ne pas penser à mon amour perdu, je me suis raconté toute une histoire à leur sujet : ils étaient sur le point de se séparer, elle obligée de retourner au bout du monde, lui scotché ici par ses études ou son boulot. Du coup les autres m'apparaissaient comme de simples figurants, en majorité des retraités. Leurs conversations formaient un bruit de fond le plus souvent incompréhensible, mais on entend bien les exclamations ou les éclats de rire qui contrastent avec l'attitude presque hiératique de mon couple d'amoureux. Ce petit film est un peu une merde, ça me rappelle mes travaux d'étudiante à la fac, sous la direction de ce prof pas mauvais mais qui en examinant mon travail pensait surtout à coucher avec moi, ce qui a d'ailleurs fini par arriver… Malgré tout je vais écrire un texte de commentaire en voix off. Pour en faire quoi ? Je n'ai évidemment pas demandé l'autorisation de les filmer. Qui sait, la fille avait peut-être fait une fugue ou s'était échappée à l'insu de ses parents en leur racontant des bobards – qu'elle faisait une virée entre filles par exemple – et mon film constituerait alors un document compromettant si je le postais sur YouTube ou Vimeo… Sophie Calle, qui a beaucoup pratiqué le genre, raconte qu'elle aurait aimé que quelqu'un lui fasse un procès mais qu'elle n'a jamais eu cette chance. Qu'est-ce que je risquerais alors, moi, miss Nobody ?

ENGUERRAND

Pendant que je méditais à côté de la chapelle, la jeune fille arrivée ici en même temps que nous est passée non loin de moi et m'a très gentiment salué. Elle marchait d'un bon pas sur le sentier avec son sac à dos et son demi-litre d'eau minérale à la main. Je n'ai pas la moindre idée des raisons qui l'ont poussée à faire une retraite, elle n'a pas vraiment l'air d'une communiante, mais comme cette génération ne se bouscule pas dans les églises, je trouve ça plutôt encourageant. J'étais étendu dans l'herbe et n'ai eu que le temps de lui faire un signe de la main, elle n'a sans doute pas voulu me déranger. Cette apparition fugitive m'a un instant distrait de mes pensées qui s'étaient de nouveau attardées sur le Rwanda. Je revivais ces moments d'impuissance quand nous parvenaient les nouvelles des massacres déclenchés juste après que l'avion du président rwandais eut été abattu – on ne saura sans doute jamais avec certitude par qui, on aimerait bien le savoir mais pour les victimes ça ne changerait pas grand-chose. Nos ressortissants évacués dans l'urgence, nous n'avions plus personne sur place, mes renseignements n'étaient plus aussi fiables qu'auparavant, mais l'ampleur et la sauvagerie des tueries ne faisaient aucun doute. Certains de mes camarades ou de mes chefs étaient désorientés, il fallait changer de logiciel, cesser de voir en Kagame la menace principale, et c'était d'autant moins évident pour eux qu'au sommet de l'État, en pleine cohabitation, avec un président gravement malade, un Premier ministre qui lorgnait sa place et des ministres qui n'étaient pas sur la même ligne, ça ne donnait pas l'impression d'une harmonie parfaite : rien de pire pour des militaires… À l'ONU, les Américains ne voulaient pas entendre parler d'opération humanitaire, ni même que l'on prononce le mot de génocide. Ils étaient encore traumatisés par ce qu'ils avaient subi en Somalie – les cadavres de GI's traînés dans les rues de

Mogadiscio – et au fond, ils souhaitaient la victoire de Kagame. À la fin nos efforts ont payé et on a obtenu le feu vert du Conseil de sécurité. Nos forces n'étaient censées se déployer que dans l'attente des contingents africains, mais bien sûr nous sommes restés pratiquement seuls pendant plusieurs semaines. Quand nous sommes arrivés sur place, le plus gros des massacres avait déjà eu lieu, mais je suis persuadé que sans nous, ç'aurait été encore pire. Les responsables du régime déchu, eux, ne songeaient plus qu'à sauver leur peau. Je n'avais pas à donner mon avis dans ce débat, j'étais trop bas dans la hiérarchie, mais aujourd'hui encore je regrette que nous n'ayons pas arrêté une poignée de ces crapules. Si nous en avions livré ne serait-ce que deux ou trois à la justice internationale, cela nous aurait évité bien des mauvais procès par la suite, ou du moins fourni des arguments solides pour y répondre.

BERNADETTE

Si nous étions dans le plus minable des motels américains, fût-il fréquenté seulement par des couples adultères, il y aurait une bible dans le tiroir de la table de chevet, obligeamment offerte par les Témoins de Jéhovah. Rien de tel ici, et l'on nous prie de ne pas emporter dans les chambres les livrets disposés à l'entrée de l'église. Heureusement que j'ai mes hymnes anglais. Pourquoi y suis-je plus sensible même qu'à une bonne version en français, ce qui, on doit l'avouer, est une rareté ? Et ce serait pareil si j'avais le texte en latin, j'ai encore de beaux restes de ce côté-là, même s'il est probable que je sécherais sur certains passages… Voilà un sujet d'étude pour les neurosciences mais je doute qu'il intéresse qui que ce soit. Ce n'est pas la question de je ne sais quelle « langue sacrée », le latin et l'anglais du XVII^e^ ont été des langues du quotidien – mon maître au lycée, un vieux radical disciple d'Alain après un passage par le séminaire, évoquait sur un ton méprisant cette langue abâtardie, le « latin de cuisine » de l'Église, plein de solécismes. Il était injuste envers ce pauvre saint Jérôme, qui s'en était tiré comme il le pouvait à partir de la fameuse Bible des Septante, écrite dans un grec bourré de sémitismes… J'aurais aimé en savoir plus sur ces soixante-douze savants, six pour chacune des tribus d'Israël, qui, à Alexandrie, ont reçu la mission de traduire en grec les textes hébreux. Leurs noms sont à jamais inconnus. J'imagine parfois les débats qui ont dû les agiter, car s'agissant de textes sacrés, ils devaient trembler à l'idée de commettre des erreurs. Et parfois, quand le grec n'avait qu'un seul mot là où l'hébreu en possède plusieurs, ce casse-tête devait les faire terriblement souffrir. Du moins pensaient-ils s'exprimer dans la langue de tout le monde, de même que saint Jérôme. C'est avec le passage du temps que celle-ci devint peu à peu l'apanage des clercs et des lettrés. Pourtant je me souviens de ces paysannes provençales qui, dans mon enfance, chantaient à tue-tête, avec leur accent, le « *Et unam, sanctam, catholicam...* » à la messe solennelle de l'Assomption. Comme quoi il n'est pas nécessaire d'être agrégé de lettres pour comprendre de quoi il s'agit. Mais cela ne répond pas à ma question. Pourquoi les textes lus dans l'enfance, qui s'imprègnent en nous comme sur de la cire, le font encore plus profondément lorsque la traduction a exigé un effort supplémentaire ? J'ai le sentiment que si j'étais capable de prier, cela aurait plus de force, plus de chance de s'élever vers « l'autel céleste », dans une langue autre que celle de tous les jours... Mes collègues philosophes trouveraient certainement ces réflexions oiseuses, parce qu'ils assimilent la prière à une demande superstitieuse, obtenir une guérison, réussir un examen, faire revenir un époux volage, que sais-je encore... Les moines ne demandent rien pour eux. Je n'entends que louange et adoration, ou encore confiance dans la miséricorde divine, car sans parler de péché, qui n'a rien à se faire pardonner ? Parce que je sais que ma vie, qu'elle se prolonge ou non, ne pourra plus être la même, j'ai rompu brutalement avec Thomas, l'ami et amant fidèle. Je ne voulais pas de compassion et ne pouvant alléguer le vrai motif, j'ai dû me montrer cassante, impitoyable même, pour donner à la rupture un caractère définitif. Lâchement aura-t-il sans doute pensé, j'ai tranché le lien à distance, en profitant d'un séjour qu'il faisait à Philadelphie pour sa biographie de Marcel Duchamp. Je crois que j'y serais parvenue aussi en face-à-face, mais une lettre reste l'arme la plus redoutable, et je m'y connais. Je dois le reconnaître, cette cruauté, cette méchanceté dont il n'aura l'explication qu'après coup – trop tard hélas, se dira-t-il en se reprochant de n'avoir pas eu assez confiance en moi pour deviner mes raisons secrètes –, m'aura beaucoup coûté à moi aussi. C'est pourquoi je conserve toutes ses lettres, toutes les photos que j'ai prises de nos voyages, lorsque nous n'imaginions pas qu'ils deviendraient les témoignages d'une vie condamnée à tourner court, avec ses joies comme avec ses irritants. J'aurai été jusqu'au bout une monogame solitaire.

JEAN-LOUIS

Avant le dîner, pendant que nous attendions dans le jardin le signal du repas, j'ai échangé quelques minutes avec celui que j'avais surnommé dans ma tête « le colonel » après notre premier échange, et qui se trouve l'être effectivement ! Je ne me voyais pas l'appelant par son grade et nous en sommes venus aux prénoms. Après s'être occupé de conflits toute sa vie, m'a-t-il dit sans que je lui aie posé la moindre question, il a voulu savoir « si le mot paix avait un sens ». Il a servi au Kosovo et en reste apparemment marqué, le seul souvenir qu'il ait eu le temps de m'évoquer étant le sauvetage d'un monastère orthodoxe qu'un groupe d'indépendantistes albanais avait entrepris d'incendier. La cloche qui nous invitait au dîner nous commandait le silence et je n'ai pu faire aucun commentaire – ce qui aurait risqué de faire apparaître des divergences entre nous, car je n'avais pas envie d'entendre les couplets habituels sur la défense de l'Occident chrétien, encore que les Serbes, en bons orthodoxes tournés vers la Russie, auraient du mal à se reconnaître dans une telle expression. Mais peut-être n'est-il pas dans des idées aussi simplistes… Si j'obtenais la permission de visiter les parties de l'abbaye normalement inaccessibles, il serait élégant de ma part de lui proposer de se joindre à moi, puisque je le sais curieux de l'histoire du lieu. La fameuse Bible de Lérins, avec ses somptueuses enluminures, ne s'y trouve malheureusement plus. C'est dommage pour l'histoire du classement UNESCO, mais elle est conservée à la bibliothèque municipale de Grasse, ce qui n'est pas bien loin. Il faudrait que je me fasse expliquer son cheminement, il y a peut-être un beau récit à faire ou à inventer. La précarité des textes et leur destinée m'ont toujours passionné. L'histoire la plus romanesque, que j'ai récemment publiée, est peut-être celle du manuscrit des *Cent vingt journées de Sodome* – écrit clandestinement par le Divin Marquis en caractères microscopiques sur un rouleau de papier pendant son emprisonnement à la Bastille, laissé sur place à la veille du 14 juillet 1789 lors de son transfert inopiné à Vincennes, recueilli par un inconnu au milieu des débris de la forteresse en démolition. Sade ne l'a jamais su et croyant que ce texte, son premier et pourtant le plus radical de tous, était perdu à jamais, il en pleura, dit-il, des larmes de sang. Aurait-il cru à la Providence, ne serait-ce qu'une seconde, s'il avait appris la vérité ? Mais mon rêve serait de retrouver quelques-uns des grands textes antiques, au-delà de ceux qui ont pu parvenir jusqu'à nous en dépit de la fragilité des matériaux utilisés, de la distraction ou de l'incompétence des copistes, des catastrophes en tout genre, de l'imbécillité criminelle des fanatiques. L'incendie de la bibliothèque d'Alexandrie nous prive de la plupart des tragédies de Sophocle et d'Euripide. Est-il interdit d'espérer que les déserts égyptiens recèlent encore quelques trésors, qu'il subsiste par miracle des cachettes ou des sépultures inviolées, comme ce fut le cas pour les manuscrits de la mer Morte, sauvegardés dans le tréfonds de leurs grottes à l'abri de la lumière, des intempéries et des pillards ? L'histoire des textes est souvent faite de trouvailles improbables. Après tout, le peu de connaissance que nous avons de la langue étrusque provient d'une étoffe qui avait servi à envelopper une momie égyptienne – on ne sait pas comment ni pourquoi ce fragment de tissu avait échoué si loin de l'Italie : ce rebut était destiné à devenir une pépite philologique deux mille ans plus tard… Mon rêve serait que, grâce à la science, les manuscrits calcinés lors de l'éruption du Vésuve puissent être déchiffrés. Ce n'est pas une utopie puisqu'une bibliothèque complète a été découverte à Herculanum dès le XVIIIe siècle. Les tentatives menées depuis lors pour en reconstituer le contenu n'ont abouti qu'à réduire les rouleaux en cendres. Mais lors de mon dernier voyage en Italie, un archéologue de l'École française de Rome m'a assuré que de nouveaux procédés de lecture aux rayons X permettaient de les déchiffrer sans avoir à les dérouler ou même à les toucher. Il s'agit essentiellement de traités de philosophie. Ce serait très prometteur et enrichirait considérablement notre corpus de littérature stoïcienne, puisque telle était apparemment l'orientation du propriétaire, me dit-il avec un enthousiasme tout personnel, car il avait fait sa thèse sur l'un de ces penseurs, Posidonius d'Apamée, « le célèbre maître de Cicéron » selon ses propres termes. J'apprends ainsi non seulement le nom de ce parfait inconnu, mais encore le fait qu'on ne connaissait jusqu'ici sa pensée que par de brefs fragments – il n'est jamais trop tard pour s'instruire. Point de Sophocle, hélas, je dissimule comme je peux ma déception, mais je me consolerais peut-être s'il s'était glissé dans le lot un opuscule inconnu d'Épicure…

LIVIA

Alors que je me tenais un peu à l'écart avant le dîner, Bernadette (vraiment pas de chance pour elle) s'est de nouveau approchée de moi, mais en gardant une certaine distance. En dehors de mes clients, je fuis les contacts physiques – je ne sais pas si nous atteindrons le stade où j'essayerais de lui expliquer pourquoi. Elle s'en est peut-être doutée, vu la colle qu'elle m'a posée. — Savez-vous que des études très sérieuses ont mesuré l'écart moyen que les êtres humains laissent spontanément entre eux, selon qu'il s'agit d'étrangers, de simples connaissances ou d'intimes ? Je n'en avais bien sûr aucune idée et ne me suis même pas posé la question à l'époque du coronavirus et de la « distanciation sociale », quelle expression ridicule, qui nous était imposée. Il est vrai qu'avec mon unique animal de compagnie, mon ex aux abonnés absents et mon amour désespéré, cela restait assez théorique pour moi… Manque de chance, l'étude ne couvrait pas la France. Deux nations battaient tous les records : les Saoudiens et les Hongrois. Pour les premiers, cela ne m'étonne pas, ils n'ont même pas le droit de serrer la main d'une femme sans se faire fouetter. Pour les Hongrois, cela doit avoir un rapport avec leur taux de suicide qui est l'un des plus élevés au monde, sur ce point j'étais bien renseignée. Mais j'ai lu aussi que les plus solitaires parmi les jeunes étaient les Suédois… Je lui ai parlé de la vidéo que j'avais enregistrée un peu plus tôt dans l'après-midi, en précisant qu'il me restait à écrire le texte qui accompagnerait les images. Ce ne serait pas beaucoup plus qu'un exercice scolaire, ai-je ajouté. Elle m'a demandé si j'en étais à mon premier essai et si j'avais des projets dans ce domaine. Je ne me suis pas trop étendue sur mon statut d'étudiante ou plutôt d'ex-étudiante, j'ai évoqué la manière dont ma génération, et encore plus celle des Millennials, s'était emparée d'Internet comme de son espace de création et d'exposition. Pas question cependant de lui communiquer le nom que j'ai utilisé pour Instagram où j'ai posté tout et n'importe quoi en attendant de construire mon vrai site d'artiste. Mais pour cela, il faut que j'aille au-delà des quelques œuvres dont je suis satisfaite. Même si ce que j'ai en tête, souvent des idées très précises, risque d'être censuré. Sur un autoportrait où l'on entrevoyait un bout de sein, ces cons de Facebook ont mis un gros pâté bien noir, comme un trait de feutre... J'ai senti que cela l'intéressait, mais nous n'avions pas trop de temps. Et si je lui avais cité les noms de quelques-unes de mes artistes préférées, genre Petra Collins ou Amalia Ulman, cela ne lui aurait certainement rien dit. Et surtout si elle savait comme j'ai trop souvent l'impression d'être une cause perdue...

ENGUERRAND

Lorsque j'ai évoqué mon séjour kosovar à Jean-Louis, il m'a semblé se raidir. Il a dû soupçonner dans ma défense du patrimoine serbe une prise de position politique. C'est peut-être un ami de BHL, ou bien il fait partie de ces intellectuels qui ont des jugements péremptoires sur tout et n'importe quoi, et voient le monde en noir et blanc. À l'époque nous regardions ces gars comme des illuminés ou des romantiques coupés de la réalité, qui avaient toutefois le don d'impressionner les politiques. Nos chefs les considéraient comme des guignols mais en avaient une sainte frousse, tout en pestant d'avoir à mobiliser d'importants moyens pour leur permettre d'effectuer des tournées médiatiques pas trop loin des zones de combat, pas trop près non plus, au cours desquelles ces modernes Byron dénonçaient notre lâcheté, quand ce n'était pas notre connivence avec les milices serbes. Il se trompe s'il croit que j'avais la moindre fascination pour Milošević, à la différence de ces grands noms de la diplomatie européenne qui se sont succédé comme médiateurs et l'admiraient comme un formidable joueur d'échecs, tout simplement parce qu'ils se faisaient rouler dans la farine et qu'après s'en être rendu compte, ils ne voulaient pas perdre la face... Un ami diplomate m'a raconté la mission secrète qu'il avait accomplie un jour auprès de Milošević, accompagné de sa seule collègue britannique. L'entrevue avait eu lieu dans une datcha des environs de Belgrade. Le décor semblait sorti d'un magazine de déco des années soixante, tout était d'une triste couleur marron foncé, les canapés et les fauteuils n'avaient jamais été retapissés. Quel décalage entre ce qu'avait représenté la Yougoslavie de Tito et la décadence finale ! Le but de la mission était de convaincre le « Bismarck des Balkans » de reconnaître la Bosnie-Herzégovine comme un État de plein droit, en échange d'une première levée des sanctions qui frappaient son pays. On ne lui demandait même pas d'admettre la légitimité du gouvernement d'Izetbegović, c'est dire... Pendant les quelque trois heures que dura l'entretien, ce grand stratège finassa, multiplia les arguties, ergota pied à pied avant d'opposer au bout du compte une fin de non-recevoir. « Comment pourrais-je reconnaître ce qui n'existe pas ? » répétait-il obstinément avant de s'incliner pour un ultime baisemain à sa visiteuse, toujours sur un ton suave et avec l'expression douloureuse de celui qui, en dépit de sa meilleure volonté et de tous ses efforts, ne peut répondre à l'attente de ses interlocuteurs. Un détail était resté gravé dans la mémoire de mon ami. Pendant le déjeuner qui, en raison du beau temps, avait été servi à l'extérieur, un gros scarabée noir et luisant s'était permis de grimper sur la nappe immaculée et d'y trottiner sans façon. Milošević, dont les mains ressemblaient pourtant à des pattes d'ours, en avait saisi délicatement la carapace entre le pouce et l'index avant de le relâcher dans l'herbe. L'intrus ayant récidivé, l'hôte recommença l'opération sans aucun agacement et toujours avec la même délicatesse. Ainsi le maître de Belgrade était-il un ami des insectes à défaut d'être celui des humains... Mais au-delà de cette anecdote, le récit de l'entrevue me conforta dans l'idée que loin d'avoir toujours trois coups d'avance, comme la plupart de nos grands chefs le prétendaient, ce n'était qu'un tacticien retors et borné. L'avenir allait le confirmer : alors que personne, pas même les Allemands, ne voulait de l'indépendance du Kosovo, comment avait-il pu croire qu'on l'y laisserait lancer impunément une campagne de nettoyage ethnique, quatre ans après la fin de la guerre en Bosnie ? Mais tout de même, quel crève-cœur d'avoir été forcés de bombarder Belgrade, je n'aurais jamais pu imaginer qu'on en viendrait à cette extrémité...

BERNADETTE

J'ai pu renouer le fil avec la jeune Livia et l'ai fait sourire à propos des Hongrois qui seraient, d'après elle, les Européens les plus enclins au suicide. Son intérêt pour le sujet devrait m'alerter, mais sa remarque m'a remis en mémoire le roman de Sándor Márai, *Dernier jour à Budapest*, que j'avais lu là-bas l'an dernier lors d'un colloque organisé par l'Union européenne. Dans le récit imaginaire de la dernière journée qu'il passe dans la capitale hongroise, un grand écrivain magyar – il ignore encore qu'il va mourir le lendemain – se montre inconsolable face à la déchéance de son pays, non seulement à cause du dépeçage imposé par les vainqueurs en 1919, mais surtout à cause du ratatinement intellectuel, de l'abâtardissement des traditions et du goût, jusque dans la cuisine servie par des restaurants naguère renommés. Un texte assez émouvant, si je me rappelle bien, mais beaucoup trop larmoyant pour moi – tout ce que je cherche à éviter en ce moment. Pendant que nous parlions, par une heureuse diversion, j'ai cru entendre braire un âne, que les moines ont dû parquer dans les prés à proximité de leur potager. Ce son réputé si disgracieux ressemble à une plainte et m'a toujours émue. Cela remonte à un lointain souvenir d'enfance. Je devais avoir cinq ans, je passais quelques jours en famille en Haute-Provence. Mes cousines beaucoup plus âgées m'emmenaient en promenade et nous allions régulièrement rendre visite à un malheureux âne, tout seul dans son pré d'herbe pelée, harcelé par des nuées de taons que nous tentions de chasser en agitant des rameaux d'olivier, car lui-même avait cessé de leur opposer toute résistance. Il était constellé de piqûres au point qu'il fallut désinfecter ses plaies et y appliquer du baume. Cet onguent avait un parfum de miel et de cannelle que je reconnaîtrais entre mille, de même que je n'oublie pas le regard tendre et triste que l'animal posait sur ses bienfaitrices pendant l'opération. Il faudrait que je demande à nos hôtes la permission d'aller le caresser. Après tout, s'ils en ont un, ce doit être plus par sympathie que pour son utilité. Une manière d'entrée en matière serait peut-être d'aborder le sujet sous l'angle théologique, on nous y inviterait presque puisque nous avons eu droit avant le dîner au récit du Déluge et de l'arche de Noé. Dans un cours que j'avais donné sur notre rapport aux animaux et ce qu'il dit de nous autres humains, j'avais même cité saint Thomas d'Aquin. À vrai dire, ce n'est pas en lisant les œuvres du docteur angélique que j'avais trouvé le passage qu'il consacre à l'immortalité des animaux, mais dans une biographie d'Alessandra Di Rudini qui, avant d'entrer au Carmel, avait osé abandonner ses enfants pour vivre une année de passion absolue avec D'Annunzio – l'amour du poète allait évidemment s'éteindre au bout de quelques mois, en même temps qu'une grave maladie flétrissait la beauté de sa maîtresse. À une jeune religieuse profondément attristée de la mort d'un petit oiseau qu'elle avait réussi à apprivoiser, Alessandra, désormais sœur Marie de Jésus, avait écrit en latin pour la consoler, je n'ai pas oublié, « *Omnia opera Dei in æternum perseverant. Sic enim et animalia et plantæ remanebunt* » – toutes les œuvres de Dieu demeurent à jamais. Aussi même les plantes et les animaux subsisteront-ils. J'aimerais croire qu'il restera une perspective céleste à mes chères plantes vertes, lorsque je ne serai plus là pour en prendre soin…

Avec les militaires, et je viens de le vérifier une fois de plus avec Enguerrand, il faut faire très attention à ne pas mettre le doigt sur des plaies qu'ils s'efforcent tant bien que mal de dissimuler. Pourtant je devrais le savoir depuis que j'ai l'âge de onze ou douze ans, lorsque ma mère m'avait averti de ne jamais prononcer le nom de l'Algérie devant deux de mes cousins nettement plus âgés que moi. L'un, qui avait servi à la fin de la guerre comme sous-lieutenant, ne s'était jamais remis d'avoir été contraint de faire lâcher prise à coups de crosse aux harkis accrochés aux ridelles des camions qui évacuaient son régiment ; l'autre, qui avait refusé de porter les armes et s'était retrouvé affecté comme brancardier, traité de lopette par ses camarades et en butte à la sourde hostilité des officiers envers ce mauvais sujet, à peine tempérée par la solidarité de classe. Je comprends qu'il a vécu au Kosovo une expérience assez douloureuse, mais son récit a tourné court lorsqu'il a cru sans doute percevoir chez moi une sorte de réserve ou même de réprobation, comme si je voyais en lui un croisé, un militant de la chrétienté contre l'islam. J'aurais pu lui dire que j'avais connu un grand-oncle très fier d'avoir été décoré de la croix de la Bravoure serbe pendant la Première Guerre mondiale et que je comprenais son dilemme. D'autant que je regretterai toujours de n'avoir jamais saisi l'occasion de visiter les monastères du Kosovo à l'époque où je traversais la Yougoslavie en voiture pour atteindre plus rapidement la Grèce. De même que je ne me rendrai jamais à Damas ou Alep, mon rêve emporté par une guerre atroce et destructrice, même si la douceur de vivre tant vantée naguère ne m'aurait pas fait oublier la poigne de fer avec laquelle le clan Assad tenait la population. Il m'arrive parfois d'envier ceux qui voient le monde en noir et blanc, les forces du bien contre l'axe du mal, et n'imaginent pas d'autre issue que l'anéantissement de l'adversaire. Nous sommes devenus plus délicats, nous rêvons de faire asseoir autour de la même table des ennemis jurés qui se prêtent à des simulacres de dialogue et ne participent à de pseudo-gouvernements d'union nationale que pour mieux fourbir leurs armes. Il n'y a pas de solution militaire, allons-nous répétant, ce qui doit bien faire ricaner Poutine et consorts... Je ne sais pas ce qu'en dirait mon colonel mais je ne suis pas certain qu'il ait une vision manichéenne des choses. Il faut absolument que je dissipe le début de malaise qui risquerait de s'établir entre nous.

Je crois que je vais tenter l'expérience au milieu de la nuit. L'attente donnera du sens à l'insomnie que je redoute, bien que je me sente plus sereine qu'hier. Pourtant cela fait presque une semaine que je n'ai reçu aucun message de mon ex, je n'ai pas pu m'empêcher de vérifier. Il met souvent du temps à répondre, mais quand même… Je ne pense même pas que ce soit une tactique pour me faire abandonner tout espoir. Aller à la messe, ou je ne sais plus quel nom ils donnent à la cérémonie, sera une manière inhabituelle pour moi de faire diversion. La compagnie de mon chat me manque, je suis toujours inquiète quand je demande à un voisin de s'en occuper en mon absence. J'ai pensé à lui quand le moine nous a lu avant le dîner l'histoire de l'arche de Noé. Le baratin qu'il a ajouté ensuite sur la dignité des animaux m'a paru un peu fumeux, mais ce qui est sûr, c'est qu'ils nous survivront si, comme c'est probable, nous continuons à foutre en l'air notre planète. J'avoue ne pas être une militante par rapport à ça, mais j'ai quand même une conscience écologique angoissée : une contradiction de plus, comme être contre le capitalisme mais accro au shopping, faire l'escort mais rêver d'amour pur, avoir de subites envies d'enfant mais aussi la terreur des vergetures…

ENGUERRAND

Un passage des complies m'a frappé. Je l'ai photographié discrètement avec mon portable. « Venez et voyez les actes du Seigneur, comme Il couvre de ruines la terre. Il détruit la guerre jusqu'au bout du monde, Il casse les arcs, brise les lances, incendie les chars : Arrêtez ! Sachez que je suis Dieu, je domine les nations, je domine la terre. » Un Dieu qui désarmerait les combattants sans les tuer, ce serait trop beau... S'il suffisait de faire taire les armes, comme la paix serait facile ! Six cents ans après, les Serbes n'en finissent pas de ressasser leur défaite contre les Turcs au Champ des Merles, le cœur du Kosovo. Et c'est du lieu de ce désastre qu'ils font leur berceau historique. Quant aux Bosniaques ou aux Albanais, les plus âgés se souviennent des récits que faisaient leurs grands-parents de l'époque où, sujets du sultan, ils tenaient le haut du pavé. Cette persistance de la mémoire, devenue mythique, était plus forte que tous nos grands discours. Nous avions beau donner la réconciliation franco-allemande comme exemple, nos belles envolées ne convainquaient personne. Les deux camps restaient murés dans la haine et la rancœur, y compris les officiels qui, sous le vernis d'un discours pacifique convenu, entendaient surtout nous donner le change. Combien de fois j'ai failli succomber au découragement ! Mais sans notre présence, l'incendie se serait rallumé, j'en suis certain – il fallait juste supporter de temps en temps des lancers de pierres sur nos véhicules. J'ai prié un peu plus intensément ce soir.

BERNADETTE

Je serais curieuse de savoir ce que chacun de nous retient des textes chantés par les moines. J'ai posé la question au colonel et manifestement nous n'avons pas été sensibles aux mêmes paroles. Ce soir, à complies, le psalmiste suppliait Yahvé de le protéger, le jour de la flèche qui vole, la nuit du lion qui rôde à la recherche d'une proie à dévorer. Je suis surprise de voir le démon assimilé à un lion, qui à ma connaissance n'est pas un prédateur nocturne. Il me semblait me rappeler au contraire que la théologie donnait parfois son aspect à certains anges. De même que le lion, dit-on, efface ses propres traces lorsqu'il s'enfuit devant le chasseur, les anges doivent envelopper le mystère de Dieu d'une obscurité majestueuse en dérobant aux esprits indignes les traces de leur commerce avec la divinité. Je le vois plutôt comme une figure de force et de courage, ou encore de la vérité qui triomphe du mal et de l'ignorance, sans quoi il ne serait pas le symbole de saint Marc ni le compagnon fidèle de saint Jérôme, le patron des traducteurs – mes peintures préférées à Venise, la cité qui s'est justement placée sous la protection de l'évangéliste et de son lion, sont celles de Carpaccio à la Scuola degli Schiavoni, merveilles de fraîcheur et de foi naïve : les moines pris de panique à la vue du fauve conduit par saint Jérôme, comme deux vieilles connaissances, et sur un autre panneau l'animal étendu à distance pendant les funérailles de son protecteur, comme s'il sentait lui aussi sa dernière heure venue. Comment apercevrais-je en lui le déguisement du diable ? Je le vois comme celui qui me protège des puissances malfaisantes, il chasse mes démons de la nuit, il annonce peut-être la résurrection. C'est ce que je vais écrire dans mon cahier à spirale à la lettre L, encore vierge.

## *Troisième jour matin*

JEAN-LOUIS

À ma surprise, nous étions tous présents à l'office de la nuit, comme si le grincement des clefs tournant dans les serrures, même en se voulant le plus discret possible, nous avait servi de signal de ralliement. Il fallait quand même un certain courage pour sortir de nos cellules surchauffées – impossible de régler le vieux radiateur en fonte – et pour traverser le jardin par ce froid humide. La lune était à demi pleine et malgré le halo qui l'entourait, elle éclairait parfaitement le chemin. Une fois passé le premier frisson et dans la tiédeur toute relative de l'église, il y avait ce sentiment étrange de former une petite communauté, alors que nous avions échangé si peu de paroles depuis notre arrivée. Je me suis laissé porter une fois de plus par le chant, admirant au passage la sobriété de la gestuelle, inclinaisons du chef ou génuflexions qui sont aussi une manière de combattre le risque d'engourdissement, le froissement des robes lorsque, l'office terminé, les religieux se mettent en mouvement l'un après l'autre et se dirigent vers la clôture en file indienne. Tout le contraire des torrents sonores qu'à l'issue des messes de mon enfance, l'organiste déversait sur la foule des paroissiens impatients de rejoindre le déjeuner dominical. Nous sommes tous restés immobiles sur nos bancs après que le dernier moine eut disparu, aucun de nous n'osant rompre le silence qui s'était installé. Ce silence n'avait rien d'un vide car on devinait l'existence d'un imperceptible courant d'air aux ondulations de la fumée qui continuait de s'élever des cierges après leur extinction. Il me faisait penser au murmure par lequel le prophète Élie reconnaît la présence divine, portée par une brise légère et non par le fracas du tonnerre. Et moi qui me suis éloigné au fil des ans de la religion, je me suis dit que si la vérité avait une chance infime d'exister, c'était peut-être ici que je la rencontrerais. De même qu'à l'âge de quatorze ans, qui est pourtant celui de bien des remises en question, ce qui m'a empêché de perdre la foi, comme on dit, avait été le spectacle du préfet des études, un prêtre autoritaire et colérique qui terrorisait les élèves et faisait d'ordinaire régner une discipline de fer, fondant en larmes et sanglotant, la voix brisée, à l'une des stations du chemin de croix pendant la semaine sainte, celle où le Christ tombe pour la troisième fois. Je crois encore entendre ricaner mes camarades, alors que de mon côté, avec l'exaltation de l'adolescence, je trouvais cet abaissement, cette humiliation publique digne des martyrs des premiers siècles... Des décennies plus tard, je n'oublie rien de cet épisode, et c'est à lui que je pensais lorsqu'à l'occasion d'une interview où le journaliste m'interrogeait sur mon rapport à la religion, j'ai répondu « nostalgiquement catholique », formule qui m'est venue spontanément à l'esprit, sans aucune préméditation, et dont l'ambiguïté me laisse la liberté de persévérer dans la mécréance ou de revenir « à la foi de nos pères », pour parler le langage des hagiographies d'autrefois.

LIVIA

J'ai appris juste avant de partir le suicide de Maïa Izzo-Foulquier. Nous ne nous connaissions pas vraiment, mais il nous est arrivé d'échanger sur Facebook. Si je parlais d'elle à mes pieux compagnons, elle qui se définissait comme femme, pute, artiste et activiste, comment me regarderaient-ils ? Elle a longtemps écrit sur un blog, elle avait un sacré style, et puis un jour elle en a eu marre. Elle a expliqué pourquoi son post serait le dernier. Elle n'en pouvait plus du cyberharcèlement, qu'elle décrivait en termes saisissants, qui me rappellent mes propres hallucinations, sauf que pour elle il ne s'agissait pas de pénétrations mais d'une sensation d'engluement. Une toile d'araignée qui s'épaissit et devient plus serrée à chaque mouvement que l'on fait pour s'en dépêtrer, une agonie angoissée face à ce qu'elle nomme la chiennerie humaine. Elle était diplômée d'une école d'art prestigieuse, elle maîtrisait la langue à la perfection, et pourtant elle s'est avouée incapable à la fin d'exprimer en mots la cruauté de ceux qui la harcelaient, qui s'acharnaient d'autant plus sur elle qu'elle les humiliait par sa supériorité intellectuelle. J'ai profité du wifi dans la bibliothèque pour retrouver son message d'adieu. Je connais ce dont elle parle, l'inutilité des conseils de ceux ou de celles qui vous veulent du bien. S'effacer du monde, s'évader des réseaux, chercher une retraite comme je le fais maintenant sans aucune idée de la suite ? Elle a également essayé la psychiatrie, ça l'a réduite à l'état de patiente insensibilisée, presque de légume, je sais de quoi elle parle. « Les langues de vipère qui me lèchent la chatte à longueur de temps semblent un peu moins rêches, un peu plus à distance, un peu plus loin du réel », écrivait-elle, mais tout ça n'est qu'une illusion qui se paye cash. J'ai pensé à ce qu'elle avait dû endurer au milieu de la nuit, pendant ce moment étrange où tout semble suspendu : cela m'est venu alors que les paroles chantées par les moines ne parlaient que de cri de détresse, de poitrine écrasée par l'angoisse. Alors que ma tentative de suicide était un ratage programmé, qui m'a tout de même valu trois semaines d'hospitalisation – je me souviens du numéro de la chambre, la 13 –, elle ne s'est pas manquée. Salut l'artiste, je ne suis pas sûre d'avoir la force de t'imiter, je n'ai rien de la militante courageuse que tu as été jusqu'au bout. Est-ce que c'est ça qu'on appelle une oraison funèbre ?

ENGUERRAND

Pendant l'office de la nuit, notre benjamine s'est servie de son portable pour éclairer le texte du livret. Croyant d'abord qu'elle se connectait, je l'ai fusillée du regard, mais j'ai vite compris mon erreur. Dieu merci elle ne s'est aperçue de rien. Du coup je l'ai imitée et comme si nous nous étions passé la consigne, Jean-Louis a fait de même. Seule Bernadette s'en est tenue à écouter les yeux fermés, hiératique, les mains posées sur les genoux à la manière des divinités égyptiennes. C'est peut-être la seule attitude qui convienne. J'avoue que mes préventions initiales à l'encontre de ces mélodies simili-byzantines se sont largement dissipées. Mais s'il est si tentant de se laisser emporter par la musique, à quoi s'applique l'esprit des moines? À éviter toute fausse note (est-ce parce qu'ils en commettent que j'en vois certains se rabattre la capuche sur la tête)? Au sens des mots? Ou bien s'agit-il au contraire de s'alléger de toute pensée, de faire le vide de cette « ordure » dont, selon Pascal, le cœur de l'homme est rempli – même chez celui qui a consacré sa vie à Dieu? J'aimerais pouvoir poser de telles questions à l'un d'entre eux. Est-ce que la visite de l'abbaye que je compte demander avec Jean-Louis me permettrait d'entamer ce dialogue? Ce que j'ai vu en photo des parties les plus anciennes me semble d'une nudité extrême. Cette pauvreté est sans doute plus émouvante que les fioritures néoromanes de la reconstruction. Passer de l'architecture au spirituel?

BERNADETTE

Je ne me serais jamais crue capable en temps normal de passer deux nuits de suite aussi chamboulées. Mais le temps que je vis n'est pas normal... Cette première expérience sera peut-être aussi la dernière. Je ne suis pas du genre à promettre que si je m'en sors, je ferai de nouveau un séjour ici en action de grâces. Je remercierai plutôt mon hérédité si tant est que je parvienne à vaincre la maladie. Mais qui sait? Je me suis astreinte à rester immobile pendant toute la durée des laudes. Moins d'une demi-heure, ce n'est pas une prouesse extraordinaire, alors que mes compagnons, y compris Livia, semblaient attentifs à suivre leur livret. Ce doit être ma tendance bouddhique, encore que le fameux Siméon le Stylite, perché au sommet de sa colonne, ait dû lui aussi rester sur le qui-vive, de jour comme de nuit, pour éviter tout mouvement susceptible de précipiter sa chute.

JEAN-LOUIS

Après le petit déjeuner, auquel j'ai à peine touché car les nuits blanches me coupent l'appétit, Enguerrand et moi sommes retournés à l'accueil pour déposer notre demande de visite de l'abbaye. Je m'en veux un peu de n'avoir pas proposé à nos deux compagnes de se joindre à nous. Je me dis qu'avec un groupe trop nombreux, je pourrais plus difficilement me concentrer sur mon objectif, mais c'est une pauvre excuse. Par chance, il se trouve que c'est le frère bibliothécaire qui sera de service pour les hôtes aujourd'hui, ce qui m'arrange bien. Nous aurons une réponse très rapidement, nous a-t-on promis. C'est moi qui ai pris l'initiative de reparler ensuite du Kosovo à Enguerrand. N'y aurait-il qu'un seul choix possible : se ranger du côté de ceux pour qui l'Europe se définit exclusivement par ses racines chrétiennes, ou bien croire au contraire que l'identité de l'Europe serait justement de ne pas en avoir du tout, une sorte de contenant sans contenu ? À mes yeux, il était impensable de rester sans réagir face à une nouvelle entreprise de nettoyage ethnique après le drame enduré par la Bosnie quelques années plus tôt, avec son cortège d'atrocités et son flot de réfugiés. Après, on peut discuter sans fin de la légalité de l'intervention. Le Conseil de sécurité ne pouvait la reconnaître à cause des Russes, mais il ne pouvait pas davantage la condamner pour des raisons symétriques. Tout en pensant à la doctrine de la guerre juste et à son avatar moderne, la responsabilité de protéger, j'ai eu moi aussi le cœur serré quand j'ai appris le bombardement de Belgrade – je pensais à mon amie de la Bibliothèque nationale d'un pays qui n'était déjà plus la Yougoslavie, qui m'a raconté des années plus tard l'angoisse ressentie au passage des chasseurs américains, l'attente inquiète du fracas des explosions, la méthode dérisoire pour en apprécier l'éloignement selon l'intensité du son. Mais n'est-ce pas exactement ce que les habitants de Sarajevo avaient dû supporter quotidiennement durant des années de siège ? Si les Occidentaux avaient eu le courage de dépêcher quelques centaines d'hommes sur le terrain, ce geste aurait-il suffi à faire reculer Milošević ? Au lieu de quoi il a fallu cette campagne aérienne de plusieurs semaines contre la Serbie, avec ses inévitables « dommages collatéraux », les principales victimes étant en fin de compte les malheureux employés de l'ambassade de Chine, écrabouillés sous les décombres de leur sanctuaire diplomatique réputé inviolable et visé par erreur. Ce discours a paru surprendre mon compagnon qui s'attendait sans doute à des positions plus tranchées. Soudain plus détendu : — Ne croyez pas, me dit-il, que je sois un inconsolable de l'éternelle amitié franco-serbe… J'aurais fait un très mauvais avocat de Milošević, a-t-il ajouté, ce stratège génial qui a conduit son pays à la ruine. Sur ce, la responsable de l'accueil nous a fait savoir que le frère bibliothécaire se proposait de nous rencontrer juste après le déjeuner. Nous nous sommes alors séparés, car avant de visiter les lieux, je souhaitais potasser l'épais bouquin en vente à la boutique, le seul endroit de l'île où l'on peut se préparer un expresso, au lieu du café thermos servi aux repas… Après ce prologue studieux, j'ai profité de l'occasion pour acheter aussi un lot de trois mignonnettes fabriquées par les moines, sur place ou dans quelque distillerie extérieure je ne sais. La jaune et la verte me font penser à de la chartreuse, peut-être en plus sucré. Il paraît qu'elles ont toutes les vertus. C'est ici la foi qui sauve.

LIVIA

Il y a eu un petit rayon de soleil ce matin, les pensées sombres de cette nuit se sont envolées, elles n'étaient pas vraiment suicidaires bien que cela me reprenne régulièrement. Pendant que j'étais à l'hôpital, mon père n'est pas venu me voir une seule fois. Comme s'il s'en foutait. Alors que ma seule joie, ç'aurait été de lui coller des remords. Mais comme je ne crois pas trop à l'au-delà, ça ne serait qu'un ratage de plus. Par contre ma mère serait dévastée. Et ça fait que j'y réfléchirai à deux fois... Pourtant je me dis que je dois me tenir prête, pour le jour où il faudrait résoudre une fois pour toutes le problème Livia. Il y a quelques mois, j'étais déterminée à faire le grand saut, mais sans date précise. J'aurais pris mes dispositions avant, peut-être même chez un notaire, j'aurais demandé à une personne de confiance de se charger des textes que j'ai écrits et des photos dont je suis satisfaite, car paradoxalement, même quand je suis au fond du trou, je sais que j'en ai réalisé de belles. J'imaginais tout un scénario, l'appartement bien rangé, le chat confié à une amie, j'aurais choisi une belle robe dessinée par moi avant d'absorber le cocktail qui provoquerait ma mort. Je connais la formule, il ne manque qu'un ingrédient, mais il est essentiel. Le fournisseur que j'ai repéré sur Internet ne m'a jamais répondu : c'est peut-être un signe. Aujourd'hui, alors que je n'ai pas perdu tout espoir de renouer, je me dis que ce serait vraiment trop con. En me baladant le long de la mer, j'ai de nouveau croisé le type à la tête de militaire, mais cette fois on s'est un peu parlé. Il vient de quitter l'armée, comme mon père, mais à un autre niveau… Il paraît un peu coincé, me fait penser à des clients que j'ai rencontrés dans ce genre, plutôt bien élevés et assez attentionnés, mais bonjour la mauvaise conscience. Il y en a même eu un, veuf, qui m'a proposé le mariage : ç'aurait pu être une solution, un type qui me laisserait ma liberté, avec qui je n'exclurais pas de coucher de temps en temps, et pourquoi pas sans capote. Qui sait, ce serait peut-être mieux que d'enchaîner les plans cul ou de rêver à l'amour impossible. Mais bon, je n'ai pas saisi l'occasion et elle ne s'est pas représentée. Je divaguais un peu pendant que mon militaire parlait de la visite qu'il comptait faire, si j'ai bien compris, des parties secrètes de l'abbaye et de leur exploitation agricole, me demandant même timidement si cela m'intéressait. Je me suis dit qu'il avait dû être un jeune homme charmant.

Nous commençons à aller au-delà des échanges de politesse. Même avec la toute jeune femme à laquelle je ne savais pas trop quoi raconter. C'est la deuxième fois que nous nous rencontrons en dehors de l'abbaye. Lorsque je l'ai saluée, elle a tiré les manches de son pull jusqu'aux poignets, mais j'ai eu le temps d'apercevoir un petit tatouage très fin, on aurait dit une étoile dans le creux du coude. Je lui ai dit qu'en bon militaire j'avais besoin d'au moins deux heures de marche quotidienne. — J'aime beaucoup marcher moi aussi, m'a-t-elle répondu en souriant, vous avez dû vous en apercevoir. Elle me rappelle Ségolène à l'époque où nous avons fait connaissance, un an avant notre mariage : même forme de visage, même type de chevelure joliment plantée sur le front, coiffée en chignon pour dégager la nuque, tirant plus sur le blond cependant – mais sans tatouage… Je ne sais si la faute en incombe au manque de sommeil, mais elle semblait souffrir des yeux, à en juger par la fréquence de ses clignements. Nous avons pris ensuite deux chemins différents : je voulais faire un tour du côté du vignoble, tandis qu'elle se dirigeait vers l'ancienne abbaye fortifiée. En bon Breton, je ne m'y connais guère en cépages, mais un moine était en train d'inspecter les vignes, je l'ai aperçu de loin avec son bel habit blanc et noir et j'ai pu l'interroger. Bien qu'il n'y ait pas encore de raisin, il m'a montré comment distinguer le mourvèdre, la syrah et le viognier, en précisant que l'indication figurait sur chacune de leurs bouteilles. — Je comptais bien en acheter quelques-unes pour les boire en famille, ai-je précisé en refoulant toute pensée mesquine sur le prix. — Si vous êtes intéressé, a-t-il ajouté, le frère maître de chai pourrait vous faire tout un cours sur le sujet. Pourquoi pas ? J'ai toujours été fasciné par l'inventivité des experts qui, en dégustant tel ou tel vin, sont capables d'identifier toutes sortes de parfums, fruits rouges ou noirs, pêche jaune ou amandes grillées, cuir ou bois… Je tirerais certainement le plus grand profit d'une leçon individuelle, *ad majorem Dei gloriam.*

BERNADETTE

Je me suis recluse toute la matinée dans ma cellule, me contentant de regarder le ciel et un carré de jardin par la fenêtre. J'essaye de me concentrer sur une seule idée, un seul mot même que j'introduirai dans mon dictionnaire. Il était question, dans l'un des psaumes de la nuit, du basilic, ce serpent mythique, que le juste peut fouler aux pieds, indemne. En sortant du petit déjeuner, j'ai cru entendre un froissement dans un des buissons qui bordent la pelouse. Il s'agissait sans doute d'un petit rongeur, mais j'ai aussitôt pensé à une couleuvre. Y en aurait-il ici ? Je me souviens de l'île de Montecristo, au large de la Toscane. Thomas et moi avions obtenu l'autorisation de la visiter accompagnés d'un guide, car il s'agit d'une réserve normalement interdite aux promeneurs. Elle fourmille de vipères autochtones et pour éviter les morsures nous avions dû enfiler d'épaisses guêtres de cuir autour des mollets qui nous donnaient l'air de pachydermes, la sécurité avant l'élégance… Je doute qu'il y ait à Saint-Honorat des espèces venimeuses, qui ont toujours exercé sur moi une sorte de terreur sacrée. Évidemment cela m'incite à inclure le mot *Serpent* dans mon dictionnaire. Il est inévitable que nous soyons attirés par eux puisque nous sommes les opposés, les complémentaires, les rivaux… Nous sommes verticaux, ils sont horizontaux ; notre marche est rectiligne, la leur est sinueuse ; nous avançons à découvert, ils se dissimulent. Mais il y a du serpent en nous, c'est la part mystérieuse, obscure, incompréhensible, de notre psychisme. Et puis sa forme change sans cesse, on ne peut prévoir sa direction lorsqu'il se déplace, c'est l'être des métamorphoses malgré son apparente unité. Il est à la fois mâle et femelle, jumeau en lui-même, symbole de l'âme comme de la libido. C'est sans doute pourquoi le jeune Tirésias se transforme en femme à sa vue, avant de redevenir homme et d'acquérir le don de divination. Le Christ nous demande d'avoir la sagesse du serpent et Athéna, déesse de la Sagesse, le comptait parmi ses attributs. Depuis Ève toutefois, ses rapports avec la femme sont assez compliqués. La Vierge de l'Apocalypse le foule aux pieds. Mais en Inde les femmes qui désirent enfanter adoptent un cobra – le serpent royal et mortel, le seul peut-être qui sache se tenir droit.

JEAN-LOUIS

La visite des parties anciennes de l'abbaye ne m'a pas déçu. Il ne s'y trouve pourtant rien de spectaculaire. L'élément le plus vénérable, le cloître, est vieux de presque mille ans ; il est d'une insigne pauvreté, avec ses voûtes et ses piliers en appareil de blocs de calcaire très proprement taillés mais de dimensions irrégulières. À part le bandeau très sobre qui court sur toute la longueur au départ des voûtes, les seuls ornements, si l'on peut dire, sont un fragment de colonne romaine et son chapiteau aplati, ainsi qu'un sarcophage antique réemployé comme lavabo. J'imagine sans peine le froid glacial qui doit envahir ces galeries en hiver, lorsque le soleil n'y pénètre jamais. Il doit au contraire y régner une douce fraîcheur au plus fort de l'été. Je ne sais si j'aimerais m'y adonner à la méditation. Je crois que je préférerais ma cellule, mais nous ne sommes pas ici chez les Chartreux, les seuls en Occident à maintenir l'esprit des anachorètes égyptiens, emmurés dans leur grotte, ne laissant subsister qu'un fenestron pour recevoir de l'eau et une maigre nourriture. La règle est ici moins austère et le vignoble pourrait même donner le sentiment d'une véritable joie de vivre. C'est l'impression que j'ai eue en visitant le réfectoire – une belle et ample salle voûtée sans doute contemporaine du cloître, où l'on respire plus librement. La paroi du fond est ornée d'une vaste fresque représentant la Cène. L'artiste est l'un de ces Grands Prix de Rome du XIX^e^ siècle complètement oubliés de nos jours, un Marseillais du nom de Pinta. Je suis toutefois l'un des rares à pouvoir en parler en connaissance de cause, car j'ai eu l'occasion d'être un jour invité dans son atelier parisien, devenu depuis lors un espace à louer pour des réceptions : *O tempora, o mores…* C'est un grand volume, calme et lumineux, l'un de ces « biens d'exception atypiques » dont raffolent les agences immobilières. Je me souviens parfaitement du plus grand des tableaux, toujours en place : c'est l'un de ses envois de Rome, à l'époque où les pensionnaires de la Villa Médicis avaient l'obligation d'expédier chaque année une œuvre à Paris. Celui-là était à la fois puissant et sinistre : le peintre avait représenté le Christ ressuscité, non pas dans sa gloire mais accablé par l'inutilité de son sacrifice… Avec une foi aussi neurasthénique, il est singulier que les moines aient fait appel à lui. D'après le frère qui nous guidait, Pinta aurait fait fortune en décorant les églises de Marseille, comme quoi le clergé de l'époque n'était pas trop regardant sur la religion des artistes qu'il engageait. L'endroit qui m'a paru le plus émouvant est l'espèce de musée lapidaire aménagé en plein air contre le mur extérieur : quelques vestiges antiques et des morceaux de sculpture sauvés de l'ancienne église romane s'entassent en un sympathique désordre à l'ombre d'un grand palmier. Cette première église était encore debout au milieu du XIX^e siècle, mais le toit s'était effondré et les murs chancelants menaçaient ruine, on a préféré l'abattre. Dommage pour le classement UNESCO que l'on ait renoncé à la restaurer, car d'après un dessin ancien que nous a montré notre guide, l'édifice avait un tout autre charme que l'actuel…

LIVIA

J'étais tellement crevée que je me suis recouchée et endormie après ma petite promenade. Du coup je ne me suis pas réveillée à temps pour le déjeuner. Quand je me suis pointée en catastrophe, les cheveux en bataille, c'était trop tard. Je les ai aperçus qui se dispersaient. Bernadette retournait dans sa chambre et en me voyant dans cet état elle a tout de suite compris la situation. — Ce n'est pas grave, me dit-elle en rigolant, tu as juste manqué de délicieuses côtelettes de veau… C'était la première fois qu'elle me tutoyait, je lui aurais demandé de le faire de toute façon à cause de la différence d'âge, et surtout dans cette situation cela m'a paru naturel. — Ne te voyant pas arriver, je t'ai excusée et gardé la pomme que voici. — J'avais donc l'air si mal en point ce matin ? — Pas en très grande forme du moins… Peut-être parce qu'elle m'inspire confiance et qu'il n'y a pas de sous-entendus dans son attitude envers moi, je lui ai parlé des pensées qui m'ont envahie la nuit dernière, sans entrer dans les détails de ma terrible insomnie de la veille. Au lieu de me répondre comme si elle s'y connaissait en psychiatrie, elle m'a parlé d'une exposition des dessins d'Unica Zürn qu'elle avait récemment visitée à Sainte-Anne – j'ignorais qu'ils faisaient des expos là-bas mais cela ne m'étonne pas. C'est une coïncidence incroyable, car *Sombre printemps*, le livre que Zürn a écrit à la fin de sa vie avant de mettre fin à ses jours, a été pour moi un véritable choc l'année de mes dix-huit ans. Je savais qu'elle était aussi artiste mais je n'ai jamais vu aucune de ses œuvres. Ce sont surtout des dessins, si j'ai bien compris, une prolifération de formes étranges, mi-végétales mi-organiques, qui ont la fluidité des rêves. Dommage que j'aie raté l'occasion. En général on ne parle d'elle que comme de la femme de Hans Bellmer. C'est exaspérant. Jusqu'à quand va-t-on accepter de désigner ces artistes seulement comme épouse ou compagne de noms célèbres ? Comme si elles n'avaient aucun droit sans la caution d'un mâle dominant. Le machisme n'est toujours pas mort dans les écoles d'art, j'en sais quelque chose même si les filles sont en majorité, mais pas chez les profs apparemment. Il paraît que ça va changer, je l'espère mais je demande à voir, et de toute façon ce sera un peu tard pour moi qui n'ai pas supporté cette ambiance…

ENGUERRAND

Je savais que les bâtiments anciens étaient d'une grande sobriété, mais je ne m'attendais pas à un tel dépouillement après avoir lu que l'abbaye disposait de biens considérables au Moyen Âge. C'est d'ailleurs peut-être cette richesse qui a causé son déclin, autant que la menace barbaresque. D'après notre guide, les revenus tirés de ce patrimoine suscitaient la convoitise de l'évêque de Grasse : d'où une interminable succession de procès opposant les moines au clergé séculier pendant des siècles… Le frère qui nous accompagnait était très savant sur le sujet et a proposé à mon compagnon qui le pressait de questions de jeter un œil à la bibliothèque. Il prend sa charge très à cœur et se déclare preneur de tout ce qui pourrait mettre le fonds en valeur, même s'il ne comporte pas de documents très anciens. Comme l'heure de l'office approchait, il a fallu nous séparer et je n'ai pas pu évoquer mes interrogations sur la liturgie. Je ne sais si cela aurait intéressé mon compagnon, mais je pense que oui. J'ai compris, à la suite de notre échange sur le Kosovo, qu'il était capable de comprendre ce qui m'avait troublé sans pour autant renoncer à ses convictions.

BERNADETTE

Décidément cette petite est très attachante, et sa présence tellement singulière… Elle m'a impressionnée par sa connaissance d'une écrivaine quasiment oubliée, toujours reléguée au second plan par rapport à son mari et à ses éternelles poupées, et aussi des liens entre art et psychiatrie. De toute évidence, il ne s'agit pas pour elle d'une curiosité purement littéraire, mais c'est lié à une expérience personnelle, à quelque chose de très intime en tout cas. Il lui appartient de m'en parler ou de garder le silence là-dessus, je ne ferai rien pour la forcer. Que le thème du suicide soit si présent dans les propos qu'elle m'a tenus n'est certainement pas anodin, elle traverse un âge statistiquement très exposé. Mais j'ai beau ne la connaître que de manière superficielle, la pensée que mon espérance de vie puisse dépasser la sienne m'est intolérable. Alors que je n'ai jamais eu d'enfant, je me suis plus d'une fois attachée à ceux de mes proches, et très profondément. J'aurais trouvé révoltant que l'un ou l'autre de mes protégés disparaisse à l'âge de cette fille. Pourtant j'ignore à peu près tout d'elle : où elle habite, de quoi elle vit ou avec qui, encore que je la croie seule. Pourtant les quelques minutes qu'a duré notre échange ont suffi pour aborder des sujets que l'on garde le plus souvent pour soi. Notre face-à-face n'a rien à voir avec ces tableaux où l'on voit une vieille toute ridée tendre un miroir à une jeune fille avec un horrible rictus pour lui rappeler la précarité de la beauté. C'est tout l'inverse dans notre cas : elle ne connaît que trop la fragilité de la vie…

JEAN-LOUIS

J'ai pu entrer tout à l'heure dans la bibliothèque, située un peu à l'écart des bâtiments principaux. Le frère responsable me l'avait très aimablement proposé à la fin de la visite. L'endroit tient davantage de la réserve que de la salle de lecture. Il y règne le parfum caractéristique de ces mauvais papiers de la fin du XIXᵉ siècle qui brunissent et deviennent cassants comme des biscottes. Pourtant la pièce principale est sans fenêtres et les livres sont à l'abri de la lumière du jour. Et ce n'est pas la faible ampoule à filament qui pendait du plafond qui allait nous éblouir. Le gardien des lieux avait déjà disposé sur la table de consultation un certain nombre de raretés : un jeu de photographies et de plans anciens qui permettent de comprendre l'évolution du site, plusieurs fascicules sortis des presses de l'abbaye, entre autres. Jusqu'aux années trente les moines accueillaient des orphelins et les formaient aux métiers de l'imprimerie. Sur l'une des photos, on voit les gamins en blouse de travail ; ils fixent intensément l'objectif mais leur expression est dénuée de joie – autant de vies sauvées de la misère, certes, mais qui n'auront sans doute jamais connu la tendresse. Il s'agissait essentiellement de brochures de littérature pieuse, toutes simples et sans images, mais afin de donner aux jeunes apprentis un but ambitieux, les moines avaient conçu un petit nombre d'éditions de luxe. Il restait sur place un *Magnificat* abondamment illustré de planches gravées, dont la reliure – une architecture néogothique en métal découpé – constituait en elle-même une prouesse technique. Un autre exemplaire, offert au pape Léon XIII, était conservé au Vatican. J'ai bien sûr admiré ce chef-d'œuvre qui avait dû coûter un temps infini et peut-être aussi beaucoup d'essais manqués et de larmes, mais c'est autre chose qui m'a le plus touché. Comme Anne s'intéressait beaucoup au patrimoine naturel des îles, j'ai demandé s'il existait des publications anciennes sur le sujet. — Oui, il existe des ouvrages savants, mais pour vous, j'ai bien mieux que ça. Un de mes prédécesseurs du XIXe siècle était féru de botanique, il a consigné dans un cahier l'inventaire de toutes les plantes qu'il a pu rencontrer sur l'île. Le document, quelques pages de papier jauni, couvertes d'une jolie écriture mais sans croquis ni spécimens séchés, n'avait rien d'attirant à première vue. Tout a changé à la lecture.

« La végétation de l'île St Honorat ne comporte qu'un seul grand arbre, le pin d'Alep aux branches tourmentées par le vent. Au bord des pinèdes, quelques arbustes, le lentisque, le myrte, la passerine velue (*Thymelæa hirsuta*) aux rameaux cotonneux, les cistes à fleurs blanches (*Cistus monspeliensis*) et à fleurs roses (*Cistus albidus*) forment çà et là des buissons, vestiges des maquis du continent, entremêlés de plantes grimpantes, le chèvrefeuille (*Lonicera implexa*), la salsepareille indigène (*Smilax aspera*) aux tiges aiguillonnées qui remplacent dans nos haies les ronces du nord, l'asperge grimpante (*Asparagus acutifolius*), la garance sauvage (*Rubia peregrina*).

« La flore méridionale est représentée dans les cultures, vignes et terres labourées qui entourent le monastère par un grand nombre d'espèces, le pavot à capsules hérissées (*Papaver hybridum*), la fumeterre à petites fleurs (*Fumaria parviflora*), la fausse roquette (*Diplotaxis erucoides*), le rapistre (*Rapistrum rugosum*), le silène à fleurs roses (*Silene gallica*), la luzerne à fruits arrondis (*Medicago scutellata*), la vesce de Bithynie (*Vicia bithynica*), la chenillette (*Scorpiurus subvillosa*), les mâches à gros fruits (*Valerianella discoïdes, pubérula*), le concombre sauvage aux fruits explosifs (*Ecballium elaterium*), la jusquiame (*Hyorcyamus albus*), la scrofulaire (*Scrofularia peregrina*), l'euphorbe des moissons (*Euphorbia segetalis*), le glaïeul sauvage (*Gladiolus segetum*), l'ail noir (*Allium nigrum*), la belle-d'onze-heures (*Ornithogalum narbonense*).

« Sur les pelouses sèches et sous les pins, on trouve en abondance la mauve de Nice (*Malva nicaeensis*), les becs-de-grue (*Erodium malacoïdes moschatum*), l'anthyllis vésiculeuse (*Anthyllis tetraphylla*), différentes espèces de trèfles (*Trifolium stellatum, charleri, resupinatum*), la psoralée (*Psoralea bituminosa*), le chrysanthème à fleurs jaunes (*Chrysanthemum miconis*), la lampsane étoilée dont les premières feuilles se mangent en salade

(*Rhagiadolus edulis*), le liseron à fleurs mauves (*Convolvulus althæoides*), la crapaudine (*Sideritis romana*), le plantain à fleurs velues (*Plantago lagopus*), l'aristoloche à racines tuberculeuses (*Aristolochia rotunda*), quelques orchidées aux fleurs pourprées (*Serapias lingua cordigera*) et d'élégantes graminées, la queue-de-lièvre (*Lagurus ovatus*), le barbon de Montpellier (*Polypogon monspeliensis*), le brome (*Bromus madritensis*), l'égilope (*Ægilops orata*).

« Au bord de la mer, la corbeille d'argent (*Alyssum maritimum*), la passerage maritime (*Hutchinsia procumbens*), autour de l'ancienne batterie le cakile aux feuilles charnues (*Cakile littoralis*), le lotier à feuilles glauques (*Lotus allionii*), le lin étoilé (*Asterolinum stellatum*), l'euphorbe des sables (*Euphorbia peploïdes*), et principalement autour du couvent et du vieux donjon, à l'extrémité méridionale de l'île, la quarantaine sauvage (*Matthiola incana*), aux belles feuilles violettes, la cinéraire aux formes tomenteuses (*Cineraria maritima*), sur les racines de laquelle on récolte parfois une curieuse et rare plante parasite, l'orobanche de la cinéraire (*Orobanche fuliginosa Reuter*). »

L'orobanche de la cinéraire ! Quel nom incroyable, et pour un parasite en plus ! J'ai lu quelque part que la cinéraire faisait partie des espèces en danger – cette orobanche au nom si mystérieux qui l'étouffe serait-elle la métaphore de ce tourisme qui menace de submerger l'île? Avec la permission du frère, je note sur mon carnet cette avalanche de mots qui pour la plupart ne m'évoquent rien, et, de retour dans ma chambre, je les récite en français et en latin, comme un hymne à la création qui ne serait pas religieux mais de la poésie à l'état pur…

La fin de ce texte m'apporte encore plus de surprises.

« Au Sud-Est de l'île Saint-Honorat s'élèvent deux îlots d'une superficie très restreinte, mais dont la flore diffère singulièrement. L'îlot Saint-Ferréol, plus élevé au-dessus de la mer, est presque entièrement couvert de rues (*Ruta bracteosa*), dont l'odeur pénétrante et fétide se fait sentir de loin. Quelques lentisques rabougris et de petits buissons de chèvrefeuilles (*Lonicera implexa*) dépassent çà et là des touffes de rues. Les broussailles étouffent presque toute autre végétation, et l'on n'y a guère signalé que les espèces suivantes, la bugrane (*Ononis reclinata*), le lotus à gros fruits (*Lotus edulis*), le pied-de-chat nain (*Evax pygmæa*) et la crapaudine romaine (*Sideritis romana*). L'îlot de Trodelière n'est qu'un récif d'accès difficile et que les vagues recouvrent dans le gros temps. Aussi, à distance, le rocher a-t-il l'air nu, et l'on est tout surpris, quand on l'aborde, des richesses végétales qu'il recèle. On y trouve en abondance la carotte résineuse (*Daucus gummifer*), l'iris d'Hyères

(*Iris olbiensis*) et surtout le beau lis maritime (*Pancratium maritimum*). Le lotier arborescent (*Dorycnium hirsutum*) y croît en fortes touffes qu'entrelacent les tiges volubiles de la salsepareille indigène (*Smilax aspera*) et des liserons (*Convolvulus althæoides*). Les rochers y sont couverts d'une jolie plombaginée (*Statice pubescens*). Enfin sur le sable croissent la frankénie (*Frankenia intermedia*), le lotier glauque (*Lotus allionii*), des rubiacées aux tiges rudes (*Vaillantia muralis, Galium tricorne*), l'ail à fleurs roses (*Allium acutiflorum*), etc. »

Je me demande comment un religieux qui ne peut quitter son habit avait pu explorer de tels endroits. Seul un nageur expérimenté devrait pouvoir les atteindre s'il n'y a pas de courants traîtres pour l'en empêcher. Pour ma part, je ne m'y aventurerais pas… On doit pouvoir s'en approcher en barque à condition de prendre garde aux rochers à fleur d'eau. En tout cas, l'herboriste n'a pas pu l'inventer. Alors que je l'imaginais sans cesse penché vers le sol, ce passionné était prêt à risquer la noyade pour satisfaire sa curiosité. S'il paraît s'être littéralement éclaté sur le rocher qu'il décrit pourtant comme le plus difficile d'accès, j'ai l'impression que l'odeur pestilentielle du plus grand l'a incité à décamper rapidement, voire à s'en tenir à distance. Aussi s'en remet-il apparemment à ses lectures pour compléter ce qu'il a pu observer de loin… Avec cela j'aime aussi son côté pratique : ses remarques sur les haies ou la lampsane qui se mange en salade introduisent une note terre à terre qui me plaît assez. Même si je lui dénie toute connotation religieuse, la lecture de ce texte répétitif, le latin aidant, a fait resurgir en moi le souvenir de l'interminable litanie des saints, la nuit de Pâques, lorsque l'église était encore plongée dans le noir et que le petit enfant que j'étais luttait contre l'endormissement…

LIVIA

C'est moi qui cette fois ai pris l'initiative d'aborder Bernadette. Il faisait bon et elle s'était installée dans un coin du jardin. Elle m'a tout de suite fait signe de m'asseoir à côté d'elle quand je l'ai saluée. — C'est la première fois que je viens dans un endroit pareil, lui ai-je dit, et si l'on m'avait parlé il y a un an d'y rester quelques jours, cela m'aurait fait ricaner. — La première fois… Au moins tu sais ce que c'est, m'a-t-elle répondu : les premiers pas, même si on n'en garde aucun souvenir – il suffit de voir l'air triomphant du gamin qui s'est élancé tout seul dans les bras de sa mère ou de son père qui recule subrepticement en lui tendant les bras –, le premier jour d'école, la première communion, la première surprise-party. Là, je n'ai pas pu m'empêcher de rire. — Je l'ai fait exprès, a-t-elle avoué : le premier voyage à l'étranger, le premier baiser, et ainsi de suite. Elle a fait une pause et j'ai attendu qu'elle reprenne. — De mon côté, tu sais, je me pose plutôt la question de la dernière fois. Sauf que tu ne peux presque jamais être sûre que c'est bien elle ; elle est rarement franche, elle te laisse espérer qu'il y en aura encore une autre, et encore une autre… Je lui ai dit que je comprenais mais que ça restait assez abstrait pour moi. J'ai connu un type obsédé par le vieillissement qui se demandait toujours si c'était la dernière fois qu'il couchait avec une fille, la dernière fois que je le faisais jouir, etc., et il insistait pour que je lui réponde. Je lui ai parlé de cette secte russe, les scoptes, qui se châtraient pour retrouver la pureté originelle, les hommes se tranchaient les couilles et même la bite pour les plus fanatiques, les femmes se coupaient les seins ; cela réglerait son problème, mais il a mal pris la chose et on ne s'est plus revus. J'ai raconté aussi que je n'avais pas toujours des souvenirs heureux de mes premières fois. Mon premier garçon, ça a été sodomie puis baiser. Dans cet ordre. Cela n'avait pas été si désagréable, j'ai même eu un orgasme, mais il n'était ni doux ni respectueux. Et même s'il y en a eu beaucoup d'autres, je n'ai pas précisé le nombre, je reste dans l'attente d'une première fois qui ne tourne pas tout de suite au cauchemar avec une brute ou un névrosé. — Pardon de vous paraître aussi bêtement romantique, ai-je dit pour finir. Alors qu'elle a l'air plutôt collet monté, elle a semblé touchée de ma franchise. J'ai parfois tendance à trop parler lorsque je suis en confiance, c'est un défaut que j'ai, mais comme il y a peu de chances qu'on se croise à nouveau, elle s'est mise elle aussi à me faire des confidences. Même à mots couverts, elle m'a révélé qu'elle souffrait d'une maladie grave, qui pouvait rester stationnaire ou bien s'accélérer – j'ai compris alors sa fixation sur la « dernière fois », avec l'incertitude et l'espoir que ce ne soit pas le cas. À la fin, comme je regardais le cahier à spirale qu'elle tenait sur les genoux, elle l'a feuilleté devant moi et s'est rendu compte que je n'avais jamais vu ce genre d'objet…

ENGUERRAND

Je suis retourné à la boutique pour me renseigner sur les vins. J'étais injuste, il y en a pour toutes les bourses… J'ai acheté quelques cartes postales pour mon petit-fils qui est à l'âge où l'on se passionne pour les châteaux forts. Rien n'indique à première vue que ce donjon soit en fait un ancien monastère. Je suis allé le visiter tout de suite après, pendant l'heure qui nous séparait des vêpres. Sur des photographies prises sous le Second Empire, l'édifice a l'air intact. Le propriétaire l'avait même aménagé en habitation, ce qui serait impossible aujourd'hui, tant il s'est dégradé. Les étages supérieurs en particulier sont en grande partie effondrés. Un escalier malaisé conduit à une cour intérieure : il s'agit en fait de deux cloîtres superposés aux belles arcades gothiques. L'impression est étrange car l'étroitesse de ce vide au cœur du bâtiment fait que les rayons du soleil ne peuvent y pénétrer, sauf peut-être brièvement aux alentours du solstice, mais le carré de ciel qui se découpe au sommet symboliserait assez bien une aspiration à la lumière. Dans un numéro de *La Croix* qui traînait à l'accueil, j'avais lu un article consacré à cet architecte japonais dont le nom ne me revient pas, Tadao quelque chose, qui a construit avec un artiste américain, sur une petite île, un puits de lumière selon le même principe, mais bien sûr avec des arêtes impeccables. J'ai poursuivi mon ascension jusqu'au sommet en passant par les salles qui avaient servi autrefois de chapelle et de réfectoire. Il ne serait pas très compliqué d'en reconstituer les voûtes, mais nous ne sommes plus à l'époque de Viollet-le-Duc et nos pontes du patrimoine préfèrent consolider les ruines plutôt que les remonter. Il y aurait pourtant un beau chantier à proposer à des gamins en difficulté, les moines pourraient y penser s'ils voulaient faire revivre l'esprit de l'ancien orphelinat en plus humain, c'est un projet de ce genre que je compte mettre en œuvre avec Ségolène dans notre maison de Bretagne, nous sommes à un kilomètre d'un château du XIVe qui n'est guère plus qu'un tas de pierres. Je ne suis pas un officier du génie, mais je me vois assez bien en chef de chantier... Un couple de touristes s'attardait sur la terrasse supérieure quand je suis arrivé tout en haut; je leur ai flanqué la frousse et conseillé de se hâter s'ils ne voulaient pas manquer le dernier bateau... De nouveau seul, j'ai pu admirer le choix de la position d'un point de vue militaire – on ne se refait pas. L'emplacement est inabordable sur trois côtés et la tour n'est reliée à l'île que par un passage étroit. Les fentes pratiquées sous les mâchicoulis permettaient de déverser de la poix ou des boulets sur les assaillants qui se seraient aventurés au pied des murailles, de toute façon très difficiles à escalader en raison de leur élévation. De plus, la vue porte très loin au large, facilitant l'alerte précoce en cas de péril. Le seul moyen de s'emparer du lieu serait de le soumettre à un siège en règle et de faire preuve de patience, car il y a une citerne et des réserves de vivres à l'intérieur qui permettraient de tenir un bon bout de temps – mais les pirates d'Alger étaient heureusement des gens pressés... Ces considérations professionnelles ne m'ont bien sûr pas empêché de jouir du panorama à trois cent soixante degrés ; ce devait être aussi la consolation des moines obligés de vivre dans un espace aussi resserré. En regardant du côté de l'abbaye, j'ai aperçu les deux femmes de notre groupe qui cheminaient tranquillement vers la tour. Comme l'heure de la fermeture approchait, je suis descendu à leur rencontre. Elles ont l'air si différentes que je ne me serais pas attendu à ce qu'elles sympathisent, mais c'est manifestement le cas. Quand je les ai abordées, la plus âgée m'a salué par mon grade d'une voix forte et quelque peu cérémonieuse, pas très naturelle en tout cas, comme si elle voulait me faire comprendre poliment que j'interrompais une conversation importante. Mais nous nous sommes entendus sur l'idée de rejoindre l'église, car les cloches sonnaient déjà pour les vêpres…

BERNADETTE

Alors que je me suis interdit de révéler mon mal à mes proches, ou même d'y faire simplement allusion, c'est avec cette jeune inconnue que j'ai franchi le pas. Il y a eu comme un déclic lorsque j'ai entamé une longue tirade sur les « premières fois ». J'avais prévu de laisser à une amie, lui ai-je dit, toutes les instructions nécessaires pour la masse d'écrits que j'avais accumulés. Sans parler du fait que mon écriture, tout en étant harmonieuse, est très difficile à déchiffrer, je l'ai chargée de brûler le tout. Ce que je jugeais digne d'être publié l'a été. Seule exception : les lettres de Thomas qui devront lui être retournées. Quant à ce répertoire, je n'ai pas encore décidé de son destin, disons que je lui accorde un sursis, mais s'il demeure inachevé, il subira le sort commun. Et voilà que cette gamine de vingt-cinq ans me révèle qu'elle a écrit deux petits romans, pas des chefs-d'œuvre dit-elle, mais elle y tient assez pour vouloir les léguer à une personne de confiance – au cas où, à quelqu'un comme vous, a-t-elle ajouté sans me regarder. Nous étions sorties de l'abbaye et marchions vers la tour fortifiée lorsque le colonel en est sorti. J'ai pensé sur le moment que cette rencontre tombait mal, je me suis montrée un peu sèche, mais il fallait peut-être que Livia et moi en restions là aujourd'hui. Il nous a doctement expliqué que les moines du Moyen Âge avaient fait preuve d'une compétence remarquable dans l'art des fortifications en bâtissant cet édifice unique en son genre. Surmontant ma réaction initiale, j'ai embrayé en soulignant que les deux îles regardaient dans des directions opposées : Sainte-Marguerite semblait tournée vers la côte, tandis que Saint-Honorat pointait vers le large, de fausses jumelles en somme – d'autant que, contrairement à la légende, Honorat n'aurait jamais eu de sœur dénommée Marguerite. Le choix des fondateurs de l'abbaye était-il dicté par des considérations spirituelles: ils laissaient le monde derrière eux et leur mission était désormais de contempler l'infini? Obéissaient-ils à des impératifs de défense comme le suggérait notre compagnon, puisqu'ils devenaient aussi les sentinelles avancées de la terre ferme, les guetteurs qui ne dormaient jamais et donneraient l'alarme le jour venu? Mais on peut penser aussi qu'ils s'offraient en otages à la place des habitants de la côte, car ils n'avaient rien de commun avec ces ordres militaires, ces moines-soldats qui, pour de tout autres raisons, étaient passés d'île en île, de Rhodes à Chypre puis à Malte, au fur et à mesure que progressaient les Turcs. En fait, conclut le colonel alors que nous rentrions à l'abbaye, ce ne sont pas les Barbaresques qui ont conquis Saint-Honorat, mais les Espagnols et les Anglais, faisant des religieux de l'époque les victimes des guerres entre bons chrétiens (parmi lesquels j'ai apprécié personnellement qu'il compte les protestants...).

JEAN-LOUIS

J'avoue avoir été distrait pendant les vêpres, presque du début à la fin. La nomenclature du moine ami des plantes, avec ces noms qui me trottaient dans la tête, l'aristoloche, la cinéraire, la salsepareille, a déclenché en moi l'idée d'une petite fiction que je serais heureux d'offrir à Anne. Il se peut que, comme le coup de foudre, ce soit un pur processus chimique dans le cerveau, mais j'éprouve toujours ce petit moment d'euphorie quand j'ai le sentiment de tenir quelque chose, tout en sachant parfaitement qu'entre la conception et l'accouchement, un accident est toujours possible… Peu de risque toutefois dans le cas d'espèce. Je me suis souvenu que Saint-Honorat n'avait pas été fermé sous la Révolution lorsque la Constituante avait dissous tous les ordres monastiques. Non, c'était deux ou trois ans plus tôt, tout bêtement parce que la communauté s'était étiolée. Réduite à une poignée de religieux pour la plupart très âgés, elle avait cessé depuis des années d'accueillir une relève et son maintien ne se justifiait plus. J'imagine que la tâche de jeter un dernier coup d'œil aux bâtiments, de s'assurer qu'aucun objet sacré ou de valeur n'ait été oublié, serait échue au moine le plus valide. Et que ce dernier était précisément le botaniste qui, tout au long de sa vie à l'abbaye, s'était efforcé d'inventorier les végétaux de l'île sans en omettre aucun. J'imagine une dernière nuit passée dans la solitude, la tristesse de clore une histoire vieille de treize siècles, et cela non parce que le pouvoir l'eût imposé, ainsi qu'il l'aurait fait trois ans plus tard, mais en raison d'un déclin inexorable, d'autant plus cruel qu'il était lié à la montée de l'incroyance et de l'esprit philosophique dans le royaume, à l'indifférence ou à l'hostilité envers tout ce pour quoi il avait sacrifié une existence ordinaire. J'imagine qu'il s'était gardé pour cette nuit sans office un ouvrage de la bibliothèque, pas l'un de ces manuscrits si précieusement enluminés qui en faisaient la fierté, mais un ouvrage savant, correspondant à sa passion dans laquelle il voyait sans doute non une distraction mais l'autre face de sa vénération pour le Créateur. J'imagine qu'avant d'embarquer, il accomplit un dernier tour de l'île, cueillant ici et là quelques fleurs, demandant peut-être même au marin de s'approcher de l'îlot où poussent contre toute raison des plantes qu'il est un des rares à connaître, insérant sa récolte entre les feuillets du livre où il a déjà glissé ses notes manuscrites. J'imagine que deux siècles plus tard, un chercheur de l'INRA tombe sur l'ouvrage au fin fond d'une bibliothèque, découvre les graines du moine, les met en terre et – comme par miracle – s'émerveille de les voir germer après avoir été si longtemps conservées à l'abri de l'air et de la lumière…

Peut-être que grâce au colonel je détesterai un peu moins les militaires. Il nous est tombé dessus quand je parlais avec Bernadette, ça a coupé notre échange, ce qui l'a contrariée. Pourtant ce qu'il racontait n'était pas inintéressant. La tour fortifiée de Saint-Honorat est unique en France, nous a-t-il expliqué, mais il n'est pas rare que les monastères soient des forteresses. Celui du mont Sinaï par exemple, qui n'a jamais été attaqué grâce à un ordre de Mahomet en personne. Bernadette écoutait distraitement, je pense qu'il ne lui apprenait rien. Pendant qu'elle retournait dans sa chambre pour prendre un de ses châles, il a commencé à me raconter qu'il avait sauvé un très ancien monastère du Kosovo, célèbre pour ses fresques, mais sans vantardise. Il m'a paru moins coincé avec moi que la dernière fois ; malgré sa carrure d'athlète, il ne ressemble pas à une brute. Ça ne me fait pas oublier que j'ai fait la connerie de me mettre avec un ancien de l'armée pendant plusieurs mois. Le type me faisait peur par moments, il avait des accès de rage, fracassait les objets qui lui tombaient sous la main, et un jour j'ai eu peur qu'il me tabasse. J'ai fichu le camp aussitôt. Je peux dire que j'ai été abusée et même violée, oui, mais battue jamais. Tu parles d'une consolation. Dans la vie je ne suis pas violente, je déteste voir souffrir en vrai, mais je peux être odieuse en ligne et très cruelle en imagination. C'est pour ça que j'imagine le roman que j'essaye d'écrire comme une espèce de road trip sanglant, et ce ne serait pas moi la victime… J'ai sans doute trop regardé cette série géniale, *The End of the F***ing World*…

ENGUERRAND

Je me suis trouvé un peu stupide d'avoir assommé mes deux compagnes avec mon topo sur les forteresses et l'art de les défendre, même si la benjamine a semblé m'écouter plus attentivement que son aînée, avec son air superbement indifférent. Je me suis excusé auprès d'elle à la sortie des vêpres, mais elle s'est récriée en riant. C'est une philosophe, je ne l'aurais pas deviné à sa tenue toujours parfaite, un peu comme ces actrices américaines à la mise en plis et au maquillage impeccables, même au sortir du lit. Elle me fait plutôt penser à une femme d'officier et je lui ai demandé sur un ton à moitié sérieux si elle venait d'une famille de militaires. — On pourrait le dire, colonel, m'a-t-elle répondu, si vous estimez que les polytechniciens font partie de la corporation… Je lui ai résumé mon parcours, ai même évoqué mon passage à la DRM. — Entre un moine et un officier de renseignement, a-t-elle dit, il y a quelques points communs : se plier à la loi du silence, avoir une conduite personnelle irréprochable, ne pas nourrir trop d'illusions sur la nature humaine... Je n'y avais pas pensé en ces termes, mais je suis assez d'accord. Un idéaliste ne pourra jamais faire mon ancien métier, mais à force de ne voir que les faiblesses ou les vices des humains, un cynique absolu serait dangereux, surtout s'il a du pouvoir, voir Poutine. Le bon équilibre n'est pas facile à trouver. Les moines, après avoir eu la force de s'arracher au monde ordinaire, ont du moins le soutien d'une existence communautaire bien réglée. Dans les monastères orthodoxes que j'ai connus au Kosovo, on trouvait souvent une icône de sainte Marie l'Égyptienne, passée de la prostitution à la vie religieuse la plus austère, sa nudité recouverte comme d'un manteau par une abondante chevelure. Qui sait s'il n'y a pas des itinéraires comparables parmi les moines, des hommes qui ont commis des fautes graves comme le veut aussi le mythe de la Légion étrangère ?

BERNADETTE

J'espère n'avoir pas démoli le moral de Livia avec mes « dernières fois ». J'aurais pu lui parler du Zeno de Svevo, qui, à chaque cigarette qu'il fume, décide que ce sera la dernière – logique imparable, puisque c'est la promesse d'arrêter qui la rend si délectable… J'ai dû lui paraître sinistre, comme si j'avais renoncé à l'émerveillement si souvent lié aux premières… Je lutte contre cette tentation, le seul fait de venir ici en est la preuve. Ce qui m'a amusée, c'est qu'elle ignorait absolument à quel point les répertoires comme celui que j'utilise pour mon dictionnaire étaient naguère des outils indispensables. Il est vrai que cela fait longtemps que j'ai moi-même cessé d'utiliser et de mettre à jour celui que j'insérais dans l'agenda de l'année, toujours le même mais de plus en plus usé et difficile à déchiffrer au fil du temps. Le feuilleter, c'était un peu comme dresser l'inventaire provisoire de ma vie, sans aucune idée funèbre à l'époque. Les amis les plus chers avaient droit à de multiples ratures, il fallait parfois une encre de couleur pour que leurs coordonnées les plus récentes restent lisibles, ou les ajouter verticalement dans les marges… Très peu avaient été barrés, plusieurs ne m'évoquaient plus rien – pas moyen de me rappeler pour quelle raison je les avais inscrits, peut-être pour une occasion aussi triviale qu'aller chercher les clefs d'une maison de vacances chez un voisin inconnu. Mais est-ce si différent avec mon iPhone ? Je crains que ce ne soit pire car je n'élimine pas systématiquement les fiches devenues inutiles, par paresse ou parce qu'elles pourraient servir de nouveau, même si je ne sais pas à quoi. Surtout je n'efface jamais celles de mes proches qui ont disparu. Je n'y vois aucune trace de superstition, c'est juste la manière la plus discrète de garder leur souvenir. Je sauvegarde aussi celles des hommes qui ont compté pour moi, même si les informations sont obsolètes (mais pour le plus ancien d'entre eux c'est inutile, car je connais encore par cœur son numéro de téléphone – il date de l'époque où ils commençaient par Trocadéro, Babylone ou Réaumur…). J'ai montré à Livia que la majorité des pages était encore vierge, il me faudra plus que trois jours pour arriver au bout. En la regardant, l'idée m'est venue de lui trouver une place. La lettre N était libre, j'ai décidé de choisir le mot *Nymphe.* Ces divinités païennes sont des filles sauvages, mais elles engendrent et élèvent des héros ; elles vivent près des sources, elles sont les sources mêmes.

## JEAN-LOUIS

En écoutant l'office, cette fois-ci avec plus d'attention, je me suis trouvé le cœur sec, et cette aridité ne m'a procuré aucune joie. Le cadre ressemble pourtant à celui qui marquait mon enfance : les moments de recueillement solitaire dans la chapelle du collège à l'heure des récréations, les rayons du soleil tamisés par les vitraux, le lumignon rouge à côté du tabernacle, le parfum de cire qui flottait autour de l'affreuse statue de Marie. Force des apprentissages précoces, à l'époque où l'on ne se permettait pas encore de tutoyer Dieu, des bribes de prières en français et en latin ne cessent d'affleurer dans les instants où je ne cherche pas à lutter contre l'effet hypnotique des chants. Je pense au poème d'Apollinaire qui ne croit plus ni au ciel ni à l'enfer mais s'adresse quand même à la Sainte Vierge pour lui demander si elle l'aime toujours.

> Moi je sais bien
> Que je vous aimerai
> Jusqu'à ma mort
> [...]
> Le matelot qui fut sauvé
> Pour n'avoir jamais oublié
> De dire chaque jour un Ave
> Me ressemblait me ressemblait

Je pense aussi à saint Jean de la Croix, pour qui les vérités de la foi sont comme une eau cristalline dont on ne mesure pas la profondeur et dont nous n'apercevons que le reflet argenté... Reflet qui continue de me fasciner si bien que ces trois jours sont passés pour moi à toute allure. La scansion quotidienne empêche de trouver le temps long. Ce doit être vrai pour les moines dont chacune des activités est minutée et se voit assigner un terme connu d'avance, qu'il s'agisse de désherber la vigne, d'étudier les textes sacrés ou de prier en communauté. Du coup, ce sont sans doute des gens très productifs. J'ai fait mon métier de publier les textes des autres parce que la fameuse angoisse de la page blanche m'était trop familière. Mais je n'aurais pu me permettre de rester en panne si j'avais été obligé, toutes les deux heures, d'aller chanter l'office ou de travailler la terre... En prévision de mon départ, j'ai demandé à revoir le frère bibliothécaire pour l'inviter à écrire un texte sur l'abbaye, son histoire ou son avenir, alors que la vie religieuse ne semble plus très attractive. Sur ce dernier point, il a évoqué la fondation d'une abbaye au Vietnam où, malgré tous les obstacles, l'afflux des recrues est impressionnant. Ils ne songent pas pour autant à se délocaliser dans le tiers-monde et comptent bien se maintenir sur l'île. J'avoue que c'est un choix courageux à l'heure du tourisme de masse, qui les aura du moins conduits à repenser la manière dont ils accueillent les hôtes. Un séjour comme le mien aurait sans doute été impossible il y a une cinquantaine d'années, surtout quand je songe à la diversité de notre promotion, si je puis l'appeler ainsi. Quand je vois débarquer ces touristes en marcel et en short, je ne peux m'empêcher de penser à ces églises de Rome où un cerbère était venu mesurer avec un mètre de tailleur l'écart entre le genou de Marie et le bas de sa robe, avant de la prier de vider les lieux. Et tout ça pour deux centimètres… Bel exemple de charité ! J'étais furieux mais le bonhomme avait refusé de discuter. — Ce sont plutôt les études historiques qui fleurissent en ce moment, me dit le frère, et je ne suis pas sûr que vos lecteurs se passionnent pour l'évolution des pèlerinages et des pratiques dévotionnelles à Saint-Honorat entre le XIIIe et le XVIe siècle… Comme je lui demandais au contraire de m'en dire davantage, j'ai été surpris d'apprendre que la desserte de l'île avait presque toujours donné lieu à une concurrence impitoyable. *Nihil novi sub sole!* s'est-il écrié alors que je lui exposais mes doutes sur la validité du monopole dont jouissait l'abbaye en ce domaine – privilège qui, selon lui, a reçu la bénédiction du Conseil de la concurrence. Lorsqu'il s'agissait de transporter les pèlerins qui affluaient à certaines périodes de l'année, l'abbaye a dû mener autrefois un combat incessant pour empêcher les Cannois les plus entreprenants de s'octroyer ne serait-ce qu'une fraction de ce juteux trafic. Les moines contingentaient l'accès pour maintenir le prix de la traversée à un niveau élevé. L'abbé avait même réussi à interdire aux marchands de la côte de vendre de la viande et du vin aux fidèles, seul le pain était toléré, car apparemment on ne jugeait pas nécessaire d'imposer le jeûne aux pèlerins. Les archives sont pleines des minutes des procès intentés par nos lointains prédécesseurs aux contrevenants qu'ils pourchassaient sans merci. Encore qu'il y eût sans doute des accommodements plus ou moins tacites dont il ne reste bien sûr aucune trace, car de nombreux moines avaient des accointances familiales sur le continent. Du reste les Cannois de toute condition se faisaient inhumer sur l'île et l'on ne peut imaginer que les religieux leur aient toujours mené la vie dure. — Voilà un sujet qui, illustré d'exemples pittoresques, devrait intéresser bien au-delà du cercle des spécialistes d'histoire économique médiévale, ai-je conclu, et le frère m'a promis de me transmettre les noms des chercheurs qui avaient travaillé sur le sujet. Ce sera ma façon de payer ma dette de reconnaissance à l'abbaye, nous ne sommes plus à l'époque où on leur versait une somme d'argent pour une messe perpétuelle…

LIVIA

Je rentre demain par le bateau de l'après-midi. Ce sera donc ma dernière nuit ici et j'aimerais qu'elle soit paisible. Bernadette va peut-être me proposer de l'accompagner à l'église, j'attends qu'elle m'en parle au dîner, où j'essayerai de faire bonne figure. De toute façon, je n'ai pas la possibilité de commander de la bouffe en cas de crise. Il y avait à midi un dessert très sucré, une pâtisserie recouverte d'un glaçage tout craquelé. Comme ce sera bientôt le dixième anniversaire de mon anorexie, j'ai imaginé de faire un gâteau dès mon retour, d'étaler par-dessus un glaçage un peu dégueu, bleu ou rose, de photographier le tout et d'en faire des cartes postales que j'enverrais à quelques personnes, ou même que je vendrais sur Internet pour faire de l'art pas cher... Je commence à avoir une belle série sur ce thème. Pourtant je peux laisser passer des semaines entre deux œuvres, mais lorsque je décide de m'y mettre, l'idée a eu le temps de mûrir et la réalisation ne me prend que quelques minutes. Le plus compliqué, c'est quand mon corps doit apparaître, il faut que j'aie atteint mon objectif de poids, celui au-dessous duquel je ne dois pas descendre, je n'ai pas envie de refaire l'expérience de l'hôpital, mais même lorsque je me soumets à un jeûne sévère, ça ne marche pas à tous les coups. Pendant ces trois jours, j'ai gardé tous mes repas, pas assez d'intimité ici pour me faire vomir. Je me prive de l'euphorie qui m'envahit lorsque je sens la douleur de la faim me tordre les boyaux et que je me sens maîtresse de mon corps. Je ne sais pas si j'oserais interroger les moines sur le sujet, mais je me suis beaucoup documentée. J'ai étudié le cas de cette bonne sœur allemande,

Anne Catherine Emmerich, qui pendant les dix dernières années de sa vie n'a plus bu que de l'eau, sans aucun autre aliment, même pas un morceau de pain. C'est parfaitement attesté. Elle aurait même eu des visions mais c'est plus discutable car elles ont été rapportées par un personnage douteux. On en a parlé au moment de la sortie du film de Mel Gibson, parce qu'il se serait inspiré de certaines d'entre elles. Je n'ai pas fini d'approfondir la question…

ENGUERRAND

J'ai pu parler un bon moment avec Bernadette. C'est elle qui a pris l'initiative. Comme de nous appeler par nos prénoms, il était temps. Sans doute voulait-elle se montrer plus aimable qu'hier, lors de mon intrusion. Elle l'a fait avec le plus grand naturel ; il n'y a pas à dire, cette femme a de la classe… Devenu assez savant après ma visite d'hier et mes lectures, je lui ai raconté la légende de saint Honorat qui, en frappant le sol de son bâton, avait fait fuir tous les serpents de l'île. Selon une autre version, il aurait déclenché un raz-de-marée pour purger l'île de ces créatures malfaisantes. Il aurait échappé au cataclysme en grimpant à un palmier… — Vraiment ? demanda-t-elle. Ce doit être sans doute mon mauvais esprit protestant qui m'a fait soupçonner il y a deux jours la présence d'une couleuvre dans le jardin. C'était dit sur un ton plaisant, mais j'ai aussitôt précisé que, d'après le frère, les moines avaient jadis tenté d'acclimater des lapins de garenne sur l'île, mais ils avaient dû y renoncer, très certainement à cause de reptiles... L'exploit légendaire du saint lui avait cependant conféré l'aura du thaumaturge et les récits de pèlerinage abondaient en miracles opérés par son intercession. Un exemple particulièrement piquant est celui d'un évêque d'Arles, lointain successeur d'Honorat dans cette charge, tellement honteux de son péché qu'il n'osait pas l'avouer en confession. Il était ainsi devenu prisonnier d'un véritable cercle vicieux puisqu'il aggravait le sacrilège chaque fois qu'il communiait... Alors que ce dilemme le rongeait, il fait la rencontre d'un moine très âgé dont le visage ne lui dit rien. La miséricorde divine l'emporte sur la pire de tes souillures, lui dit ce dernier. Après un long échange et sur l'insistance du vieillard inconnu, l'évêque se résout à faire pénitence. Mais qui es-tu donc ? Je suis Honorat, ton lointain prédécesseur. Et le saint de disparaître aussitôt après s'être nommé. Le pécheur repentant suit les instructions à la lettre, se rend en pèlerinage à Lérins, s'y confesse et rentre dans sa ville d'Arles, l'âme en paix et fêté par ses ouailles. Quel pouvait donc être ce crime qu'il ne parvenait pas à nommer même sous le secret de la confession ? — Sans doute la sodomie, pour parler le langage de l'époque, me dit Bernadette, car détourner l'argent des pauvres ou coucher avec une femme mariée auraient constitué des fautes bénignes. — Sans que j'aie à me faire de reproches, il y a aussi des souvenirs qui me pèsent et sur lesquels j'hésite à parler. — Comme quoi ? J'ai réfléchi un instant avant de répondre, on ne se défait pas comme ça des réflexes d'un officier de renseignement même lorsqu'il n'y a plus de secrets d'État en jeu et que l'on se trouve dans un monastère. — Eh bien, prenez Srebrenica par exemple. Avons-nous fait le nécessaire ? Étions-nous des aveugles volontaires ? Nous avions parfaitement repéré le mouvement des Serbes à proximité de l'enclave, l'une de ces soi-disant zones de sécurité instituées par l'ONU et protégées en principe par un bataillon néerlandais, mais l'avis unanime était qu'il s'agissait d'une pure manœuvre de diversion car la véritable épreuve de vérité se jouait à Sarajevo, soumise à un siège impitoyable. Même le jour de l'assaut, le 11 juillet, il nous a fallu un moment pour admettre que non, ce n'était pas un leurre, mais une opération rondement menée, avec des centaines de Casques bleus faits comme des rats. Chirac, qui présidait avec Kohl un sommet franco-allemand, était furieux de l'apprendre par une dépêche de l'AFP et non par notre canal. Si c'était pour faire ça, a-t-il assené devant nos grands chefs étoilés, on aurait mieux fait d'envoyer des civils ! Jusqu'au dernier moment, certains en étaient encore à se demander si l'information n'était pas exagérée, si nous n'avions pas affaire à une énième tentative d'intoxication comme les Bosniaques nous y avaient accoutumés. Il a bien fallu se rendre à l'évidence et l'engueulade a dégringolé tout au long de la chaîne jusque sur ma pauvre tête. Mais le plus grave restait à venir. Nous étions en plein week-end du 14 Juillet, le premier du nouveau septennat, et les esprits ne songeaient qu'à oublier ce fâcheux incident de parcours, d'autant que pour donner le change, Mladić s'était fait filmer en train de caresser des enfants, c'est tout juste s'il ne leur distribuait pas des bonbons. En observant un peu mieux, il n'était pas difficile de s'apercevoir que les gamins étaient terrorisés. Dans un Paris absolument vide, on m'a convoqué pour assister le diplomate de permanence qui devait recevoir un émissaire bosniaque. — Nous ne connaissons pas tous les détails, mais nous croyons qu'il se passe des choses horribles. Je n'avais aucun élément de mon côté pour infirmer ou confirmer ses dires, et nous l'avons écouté poliment, assez ébranlés malgré tout. L'évidence s'est de nouveau imposée, mais une fois de plus trop tard… Nous aurions dû être alertés dès le moment où nous avons su que Mladić séparait les hommes des femmes et des enfants, et cela sous l'œil des Casques bleus. Mais même alors, assassiner de sang-froid des milliers de civils en Europe à la fin du XXe siècle nous semblait irrationnel, donc impensable. Par la suite, les photos satellite ont confirmé l'existence de vastes fosses communes recouvertes à la hâte, la réaction ne s'est pas fait attendre et les Serbes de Bosnie ont été écrasés. Depuis lors, les Hollandais ont fait leur mea culpa, même s'ils n'admettent qu'une responsabilité partielle dans le massacre. Et moi, si j'avais pu recueillir des renseignements plus tôt, est-ce que je les aurais interprétés correctement, transmis en temps utile, présentés sans ambiguïté ? Qu'aurions-nous pu faire puisqu'il n'y avait pas de soldats français sur place ? Au moins, je n'ai cessé d'y repenser, avertir les chefs serbes qu'ils auraient à répondre de leurs actes, car l'on n'ignorait pas que des milices féroces opéraient pour leur compte ? Comme je gardais le silence, Bernadette a hoché la tête. — Le crime a finalement causé leur perte, a dit Bernadette, il y a donc une justice immanente, mais j'imagine que le regret de l'inaction est un fardeau très lourd à porter. J'espère qu'en venant ici vous avez soldé les comptes, comme votre évêque sodomite…

Je n'imaginais pas que le colonel, jusqu'ici raide et cérémonieux avec moi, se lâcherait comme il l'a fait à propos de Srebrenica. Avoir mauvaise conscience alors que l'on ne peut s'adresser aucun reproche précis doit être une souffrance dont on ne se débarrasse pas facilement. Mais c'est un homme droit, je lui souhaite de trouver la paix intérieure qu'il recherche. Nous avions commencé par parler de tout autre chose – les serpents qui habitent peut-être encore l'île malgré l'intervention miraculeuse de saint Honorat. C'est sûrement un article de mon dictionnaire que je pourrais développer sans peine. Il m'est revenu en mémoire ce curieux épisode de la vie de Freud qui, encore jeune, s'était rendu à Trieste dans le but de percer le mystère de la reproduction des anguilles – ces serpents marins. Il se rendait au port chaque matin et après en avoir acheté des centaines aux pêcheurs, passé des journées entières à les sectionner sous toutes les coutures, les mains rouges de sang, il doit s'avouer qu'il n'est pas plus avancé qu'au début : les anguilles n'ont ni ovaires ni testicules… Quelles étaient donc les pensées qui l'obsédaient lorsqu'en fermant les yeux ou dans ses rêves revenait l'image de cette peau scintillante qui ne voulait rien révéler de son secret – sinon les questions que tout le monde se pose un jour ? Il était peut-être plus facile de pénétrer les arcanes de l'âme humaine que de résoudre l'énigme de la sexualité des anguilles… Mais aurai-je le temps de finir ?

## *Quatrième jour matin*

JEAN-LOUIS

Qui aurait imaginé que je serais malheureux de quitter les lieux si vite ? Mon but initial est atteint : j'ai rassemblé toute la matière dont j'avais besoin pour tenir parole, il ne me reste plus qu'à écrire les quelques pages promises à Anne. Il y aura donc un « point de vue d'écrivain » (sans commentaire) dans son approche pluridisciplinaire, pour reprendre le galimatias du dossier. À notre dernier petit déjeuner commun, j'ai apprécié la vertu du silence, concentré sur des gestes aussi simples que passer la corbeille de pain ou verser le café à sa voisine, le merci que l'on esquisse du seul mouvement des lèvres ou des yeux. Pour autant je ne me sens pas la vocation monastique. Il faudrait de toute façon que Marie soit d'accord pour jouer le couple qui se consacre à la vie religieuse, chacun de son côté, tels Benoît et Scholastique

– mais sauf erreur ils étaient frère et sœur – ou encore Honorat et Marguerite (mais il manque un couvent féminin sur l'île jumelle...). J'ai voulu ensuite plaisanter sur le sujet avec Bernadette – je ne la connaissais que de réputation et c'est Enguerrand qui m'a appris qui elle était – mais elle a accueilli assez froidement mes traits d'humour. Elle m'avait en réalité déjà identifié, mais je suppose qu'elle n'avait pas l'intention de recréer les Deux Magots en venant ici. Plutôt que de prendre un ton quasi professionnel pour lui demander si le séjour l'avait inspirée – il ne m'avait pas échappé qu'elle prenait des notes sur un cahier à spirale –, je me suis détourné d'elle pour aborder notre benjamine. Nous étions assis côte à côte au déjeuner, et j'étais curieux de savoir ce qu'une intellectuelle de haut vol comme Bernadette avait pu lui trouver.

LIVIA

Ce dernier repas était étrange. Bernadette avait l'air tellement à la masse que je n'ai même pas osé m'approcher d'elle à la fin. Il me semble qu'elle a remis à sa place celui qu'elle m'avait décrit comme un éditeur, ou quelque chose dans le genre, en précisant qu'elle souhaitait plutôt l'éviter. Moi aussi je me méfiais un peu du bonhomme, parce que je l'avais surpris en train de me mater en douce et que je n'avais pas envie d'entrer dans un jeu que je connais trop bien. Je pensais aussi qu'il devait me trouver particulièrement inintéressante. Il s'était par contre montré prévenant au petit déjeuner, j'étais assise à sa droite et nous avons ensuite fait équipe pour la vaisselle. Peut-être pour se consoler d'avoir été éconduit par Bernadette, il s'est tourné vers moi. — Vous feriez baisser la moyenne d'âge de mes auteurs… Je ne sais pas si c'était pour rire, puisque je n'avais parlé de mes « œuvres » qu'à une seule personne ici et sous le sceau du secret, mais tout en restant assez vague, j'ai fait comme s'il était au courant. — Je ne suis pas comme Bernadette qui écrit encore au stylo, et je n'ai pas apporté mon MacBook, je n'ai que mon portable pour prendre des photos… Il est rapidement passé sur son métier, sur un ton plutôt désenchanté, mais il se félicitait de ses trois jours ici : alors qu'il était sceptique au début, il avait trouvé comment participer au projet d'une artiste dont il ne m'a pas dit le nom. — Quelqu'un d'à peine plus âgé que vous.

ENGUERRAND

J'ai pu présenter mes respects au père abbé, qui a eu la courtoisie de me recevoir par l'entremise du frère bibliothécaire. Nous avons parlé du vignoble, des touristes, de toute cette économie dont l'abbaye a besoin pour survivre. Je lui ai soumis l'idée de faire travailler des jeunes sur la restauration des chapelles – mais les chantiers archéologiques ne dépendent pas de lui. Leurs choix liturgiques, ce sera pour une autre occasion. Il était assis sous une gravure naïve représentant la consécration de l'église sous le Second Empire, en présence des autorités et d'une foule fervente. Malgré les bouleversements survenus dans la vie monastique et une brève interruption de soixante-dix ans, le sentiment d'une filiation vieille de quinze siècles demeure intact. — Mais l'avenir de l'abbaye se joue peut-être à l'autre bout du monde, là où nous avons essaimé…

BERNADETTE

Au réveil, j'ai vu que mon médecin m'avait envoyé un mail. *Objet : voir la pièce jointe.* Pas un mot de commentaire. Faute de réseau, je ne peux pas ouvrir le document. Nouveau sursis. À l'issue du petit déjeuner, j'ai fait taire Jean-Louis et son badinage. J'avais jusque-là réussi à l'éviter. Il ne se doutait pas que je l'avais identifié. Thomas avait publié chez lui un beau texte sur Le Corbusier. Trop de souvenirs, tout à coup.

Alors que je déposais mon sac de voyage à l'accueil, j'ai aperçu Livia qui s'apprêtait à faire une dernière promenade, avec son sac à dos. Nos échanges étaient restés des plus limités jusqu'à aujourd'hui, tout juste quelques regards détournés comme si je craignais de donner l'impression de la reluquer, elle qui doit avoir à peu près l'âge de ma fille. Nous avons rompu la glace ce matin après le petit déjeuner, mais nous étions pressés de vider nos chambres et j'ai tout juste eu le temps d'évoquer le projet d'Anne. Comme nous avions encore une bonne heure avant de prendre le bateau, je lui ai demandé si le séjour avait répondu à son attente ou si elle avait eu un but précis au départ. — Je me suis longtemps définie comme athée, mais c'était plus une manière de me déclarer sans religion, je serais plutôt agnostique. Mon séjour ne m'a pas convertie et les moines seraient sûrement horrifiés d'apprendre comment je réussis tant bien que mal à gagner ma vie. Et vous aussi sans doute, bien que vous ne m'ayez pas donné l'impression d'être vous-même très religieux. Je pourrais vous dire que je voulais me remettre après avoir été larguée, et qu'au lieu de retomber dans la dépression, je voulais réfléchir moi aussi à un projet artistique qui me tient à cœur. J'ai atterri ici sans trop savoir à quoi je devais m'attendre, mais c'était de toute façon mieux que de mariner dans mon studio parisien sous les toits sans ascenseur. Je ne le regrette pas, je ne me suis pas toujours sentie bien, mais j'ai des idées plus claires sur les œuvres que je voudrais réaliser. En commençant par celle qui va mettre en scène les poupées que je conserve bien cachées sous mon lit, comme si c'étaient des monstres ou des fétiches maléfiques. Vous ne savez sans doute pas ce que ça veut dire d'avoir été abusée dans son enfance, et qui plus est par des proches, sans que personne vienne à votre secours, ce que ça veut dire de sentir la bite d'un adulte se frotter contre vos fesses à dix ans quand il vous tient sur ses genoux, je devrais dire quand il vous emprisonne sur ses genoux, et tout cela sous le regard goguenard de ceux qui sont censés vous protéger, quand ce n'était pas devant une séance de vidéo X. Et encore je ne vous raconte pas tout… Elle a dit tout cela très vite, sans colère apparente, comme si elle entendait montrer que ces fantômes ne pesaient plus sur elle, qu'il était même possible de les évoquer avec un inconnu sur un ton non pas détaché mais neutre, comme on le ferait de souvenirs d'enfance un peu plus désagréables que d'autres. C'est alors que je me suis moi aussi mis à parler, et rien n'aurait pu m'arrêter.

Pourquoi est-il plus facile de vider son sac avec un inconnu ? Je ne lui ai pas tout raconté en détail, bien sûr, mais suffisamment pour qu'il prenne conscience de ce que j'ai dû subir. Peut-être a-t-il deviné aussi, même si je suis restée vague, comment je bouclais mes fins de mois. Mais il a paru sincère lorsqu'il a déclaré ne juger personne. Il l'était en tout cas lorsque je lui ai parlé de mes projets d'œuvres, puisque c'est ça qui a tout déclenché. Pendant qu'on marchait vers la pointe de l'île, après que j'ai eu fini mes confidences, il a tout déballé à son tour, sans me regarder. Je serais la première à qui il aurait fait ces révélations, je le crois. Il a commencé par décrire son enfance dans une école religieuse, il n'en garde aucun souvenir déplaisant, au contraire, mais à l'époque on ne parlait pas de pédophilie et il était de toute façon trop innocent pour se douter de quoi que ce soit… C'est dans un club de judo où ses parents l'avaient inscrit un peu malgré lui qu'il a été traumatisé. Si j'ai bien compris, plusieurs champions étaient sortis de ce club et un magazine avait voulu faire un reportage sur cette machine à succès. Un photographe accompagnait le journaliste et fouinait un peu partout. Alors que le gamin prenait sa douche tout seul, le vicelard a surgi, lui a demandé pour la forme s'il pouvait le photographier et s'est mis à lui peloter les fesses sous prétexte de rectifier la position. Il était paralysé et bien que le reste soit assez confus dans sa mémoire, il réentend parfaitement la voix du type : Tu sais, c'est normal si tu bandes. Le photographe a été rappelé et n'a pas pu aller plus loin. Le tout s'est passé peut-être en une ou deux minutes maximum, il était incapable de le dire, mais je suis bien placée pour savoir que dans ces situations, quand tu te fais tripoter et que tu es comme pétrifié, le temps ne compte pas. Ça m'a touchée qu'il me choisisse pour ses confidences. Il aurait peut-être mieux fait d'en parler plus tôt à un psychanalyste, mais bon, il serait sans doute encore à ressasser toute son histoire sur un divan… — Mes photos m'ont permis de reprendre le contrôle de ma propre histoire. Est-ce que c'est prétentieux de ma part de parler d'œuvres ? Je crois qu'elles le méritent… — C'est vous qui avez fait le bon choix. Je ne suis pas sûr que l'art puisse changer le monde, mais vous devriez faire comme si c'était vrai.

Il est le seul qui ait continué à me vouvoyer. Il pourrait faire un bon exécuteur testamentaire.

Pendant deux siècles, les moines ont eu l'interdiction de planter des arbres, afin que les canons du fort Sainte-Marguerite puissent tirer sur des navires ennemis sans être gênés. Aujourd'hui, les arbres sont manifestement plus précieux que les canons, je dois en prendre mon parti... Le destin de mon pays est-il de devenir un immense jardin, comme mon quartier de Paris que la mairie verrait bien transformé en potager citoyen – drôle d'expression tout de même, moitié sans-culotte, moitié Marie-Antoinette ? Pourtant je continue de croire que les jardins doivent aussi être défendus. Mais les Tutsis ou les Bosniaques massacrés, dois-je les passer par pertes et profits ? Le 22 août 1914, l'armée française a compté vingt-sept mille morts, un record. Les massacreurs du Rwanda ont dû tenir ce rythme pendant plusieurs semaines, et à la machette en plus, avant de ralentir faute de victimes en nombre suffisant. On ne peut pas les ressusciter, c'est vrai, mais le résultat n'est pas brillant. Au moins avons-nous essayé d'agir, même si nous n'étions pas les mieux placés pour le faire. De toute façon l'heure est passée où nous pensions incarner la justice aux yeux du monde... Nous laissons carte blanche à d'autres, pour qui la vie humaine ne pèse pas bien lourd, voir la Syrie, les hôpitaux pris pour cibles, les barils de gaz largués impunément. Où est le progrès? Sur un ancien manuscrit, l'île Saint-Honorat, grâce aux miracles du saint, est représentée comme un petit jardin d'Éden – sous le pinceau de l'enlumineur, le loup coexiste avec l'agneau à l'ombre d'un palmier… J'ai lu récemment un article sur les ravages du loup dans les Alpes, les protestations des éleveurs et leurs affrontements avec les défenseurs de la nature. Point de saint Honorat pour réconcilier les deux camps, mais un berger racontait comment il avait cessé d'en appeler aux battues et à la manière forte. Certes la loi lui interdisait de tuer le prédateur, mais il ne se résignait pas à se comporter comme un mouton angoissé dont le seul espoir est que le mauvais sort tombe sur un autre que lui. Il avait observé comment l'animal déjouait les leurres et les pièges, comment il adaptait sa tactique aux mesures que prenaient les humains pour le combattre… À force de patience, il avait appris à connaître tous les tours de son adversaire, à faire preuve de la même persévérance, à l'emporter sur sa ruse par une intelligence supérieure. C'est ainsi que je vois le monde d'aujourd'hui. Nous aussi, désormais, nous allons devoir apprendre à vivre avec les loups…

Pour mon dernier matin, j'ai voulu rester seule. Je parlerai à Livia avant d'embarquer, ou plutôt en nous séparant, quand je lui donnerai mes coordonnées. En attendant, j'ai lu des passages entiers d'un livre emprunté, en violation du règlement, à la petite bibliothèque mise à la disposition des hôtes. Il est en italien, *Parole dell'estasi,* mais j'arrive assez facilement à comprendre. C'est la transcription des visions d'une carmélite florentine du XVIe siècle, Marie-Madeleine de Pazzi. Ses extases étaient hors du commun, la plus longue a duré huit jours sans interruption, pendant toute l'octave de la Pentecôte. À part quelques lettres, elle n'a rien écrit. Elle était sujette à des automatismes verbaux tellement surprenants, son débit était parfois si rapide, que le confesseur du couvent, désireux de savoir s'il avait affaire à une sainte ou à une folle, demanda aux religieuses de noter fidèlement ses effusions. Elles ont dû s'y mettre à quatre, chacune confrontant sa version à celles des autres. Et même ainsi la tâche a dû être rude pour les quatre secrétaires : les extases pouvaient se prolonger pendant des heures ; tantôt la voyante hurlait, tantôt elle marmonnait d'une voix indistincte ou tombait dans un profond silence ; il fallait la suivre dans ses mouvements brusques, et les manifestations corporelles de ses ravissements, convulsions ou rigidité cadavérique, étaient impressionnantes… Un jour, à l'improviste et pendant plusieurs années, Marie-Madeleine n'eut plus la faveur de visions célestes, elle fut assaillie de visites diaboliques, envahie par le doute et l'aridité. Après s'en être libérée, elle passa le restant de ses jours à se consacrer aux tâches les plus ordinaires de sa communauté. Dans son ultime extase, elle se voyait d'ailleurs régresser à l'état de nourrisson. Cette lecture m'apprend qu'elle avait eu la vision d'un alphabet mystique, toutes les lettres de A à Z sauf, je ne sais pourquoi, Q, R et S, chacune correspondant à l'un des qualificatifs que l'on peut accoler au mot *Amore*, qui est bien sûr le premier et qui peut donc être bienveillant ou aveugle (*cieco*), plein de désir ou négatif, généreux ou jaloux, lumineux ou mortifié… C'était sa manière d'approcher la vérité, conçue comme un diamant aux multiples facettes, voisines ou opposées. Ce serait une idée géniale pour donner un fil conducteur à mon propre lexique, mais il est trop tard désormais pour m'en inspirer. Il me reste maintenant, après ces trois jours, à me préparer à l'annonce qui me sera faite, qui m'est déjà faite en réalité, comme une lettre non encore décachetée. N'avais-je pas songé un moment à ouvrir mon dictionnaire sur *Annonciation* ? Pouchkine a fait dialoguer Dieu et Satan à ce sujet, on se doute que cela tourne mal. C'est maintenant l'heure de rendre la clef, je suis même un peu en retard. Elle est d'un modèle ancien, il s'y attache une petite étiquette plastifiée portant le numéro de ma chambre. Cette restitution, ce geste si banal que j'ai accompli tant de fois lors de mes voyages, prend ce matin une autre signification. Le pouvoir des clefs… je ne me rappelle plus qui a écrit ce titre, ni s'il évoque saint Pierre, celui qui a reçu du Christ le pouvoir de lier et de délier, d'ouvrir ou de fermer le Ciel. Je pense aux clefs de Janus, qui ouvraient les portes du solstice, à la naissance de l'an nouveau comme à son déclin, mais aussi, à Rome, les portes du sanctuaire de la guerre et de la paix. Avec son double visage, tourné vers le passé comme vers le futur, vers la terre comme vers le ciel, n'était-il pas aussi le guide des âmes ? Cette pauvre clef que je retourne fébrilement dans ma main avant de m'en séparer, elle m'apparaît comme le symbole du mystère à percer, de l'énigme à résoudre – mais pour quelle illumination ? Ma sainte florentine se rêvait double : en épouse parée de joyaux et revêtue d'une robe somptueuse, tirée de la chair même du Christ ; en épouse habillée seulement de sa nudité, avec le néant pour tout ornement… Qui ne préférerait la seconde ?

## REMERCIEMENTS

Je remercie le père abbé de l'abbaye Notre-Dame de Lérins et le frère Vincent, responsable de la bibliothèque, de m'avoir donné accès au manuscrit consacré à la flore de l'île Saint-Honorat. Je remercie également Ann Guillaume, dont le projet dédié aux îles de Lérins, pas du tout fumeux, a donné naissance à un très beau film, *I Can Swim Home*.